ゆかがくずれて
まっさかさま！
→カへ進《すす》め
どこかで
使《つか》える
かもしれ
ないわ。
ープを
に入れた！
っと地上に
られた！
ウ
無事《ぶじ》に地面《じめん》へ
おりた。
これを持《も》っていけ。
カギを手に入れた！
つぎの迷宮《めいきゅう》への
とびらだ！
→キへ進《すす》め
カ
地下迷宮《めいきゅう》へ落《お》ちて
しまった。
同じ文字を
さがして進《すす》め。
→ケへ進《すす》め
オ
光るものが
落《お》ちている。
カギを手に入れた！

謎《なぞ》解《と》きサーガ

指《ゆび》輪《わ》の呪《のろ》いを解《と》け!

【作】糸井賢一
【絵】五臓六腑

あかね書房

人と精霊《せいれい》が
ともにくらす世界《せかい》――
ここは北の地、
世界樹《せかいじゅ》の国
はあ……
ぐっ
コミック
サーガ、謎《なぞ》解《と》きを始《はじ》める!

ゲホッ
ゴホゴホッ
だいじょうぶ!? サーガ。
うん…。ありがとう エッダ。
部屋《へや》の空気がひえちゃったのかしら。
ガラン
パチ
パチ
ぼくはサーガ。
生まれつき体が弱くて…
冬のあいだはずっと家の外へは出られないんだ。
ケホ
ねえ、エッダ。
とうさんといっしょにくる人って、どんな人だろうね。
年はわたしと同じくらいの女の子だって聞いたけど…。
パチ
パチ
トントン

うわさをすれば とうさんが 帰って――
行こう! エッダ。
あっ セキは!?
おう元気 だったか!?
とうさん お帰り!
バルムンク (とうさん)
紹介《しょうかい》しよう。 きょうから あたたかくなるまで この家ですごす アディンだ。
よろしく おねがい します。 サーガくん、 エッダさん。
こちら こそ!

サーガ、どうしたの？
あ、うん。
おっと、これは失礼《しつれい》。
！
よ、よろしくおねがいします！
わたしは遺跡《いせき》の東のとびらをえらんだ。なぜだかわかる？
太陽《たいよう》の印《しるし》ってことは…
太陽《たいよう》が東からのぼるからだね！
正解《せいかい》！西のとびらにはわなが張《は》られていて…。
へー
コンコン
食事《しょくじ》の準備《じゅんび》ができたわよ。

じゃあきょうの話はここまで。つづきはあした。
えーっ、食事《しょくじ》のあとに話してよ！
サーガ、あまり無理《むり》をいっちゃダメよ、
アディンさんだってやることがあるんだから。
それに食事《しょくじ》のあとはわたしの話を聞くの。
えーっ!?
読み書きと計算かな。
サーガったらこのごろ、サボってばかりでしょう？
勉強《べんきょう》なんてしなくてもいいよ！

…サーガくん。キミくらいの年で習《なら》う勉強《べんきょう》はね、実《じつ》はすごく重要《じゅうよう》なの。
でも…。
読み書きや計算は、冒険《ぼうけん》の役《やく》には立たないよ。
わたしも昔《むかし》はそう思ってた。
けど、実際《じっさい》に冒険《ぼうけん》の中で問題《もんだい》が立ちふさがったとき、
助《たす》けてくれたのは基礎《きそ》よ。
迷宮《めいきゅう》のとびらに書かれた謎《なぞ》かけが、実《じつ》は計算問題《もんだい》だったことは何度《なんど》もあったし、
謎《なぞ》の文字を解読《かいどく》するにはたくさんの文字を知っていなくちゃ。
そうなんだ……。
ねえ、エッダさん。

これから
サーガくんへの
お話は、
その日のお勉強《べんきょう》が
終《お》わってからに
するわ。
えっ
ちょ、ちょっと待《ま》って!!
ガバ
ありがとう、
そうしてくれると
助《たす》かるわ！
そんなぁ～。
アハハ
春――
ピピピ…
チチッ
こんにちは、
バルムンクは
いるかね。
いらっしゃ…
あらあなたは！
ノーラ（かあさん）
おとうさん！

とうさんたちはひと晩《ばん》、とまっていくようにすすめたけど、
アディンのとうさんはこのまま遺跡《いせき》へ向《む》けて出発《しゅっぱつ》すると決《き》めていたんだ。
アディンさん、着《き》がえはぜんぶこの中に。
ありがとう。
革《かわ》ひもはかあさんが新しいのをって。
わあ、助《たす》かるなあコレすり切れそうだったから。
……。
お世話《せわ》になりました。
じゃあねサーガくん。
ねえ、また…会えるかな?
わたしは見習《みなら》いトレジャーハンターとして、おとうさんと世界中《せかいじゅう》をまわる。
この近くにきたらかならず立ちよるわ。

またね。
決《き》めた！
ぼくもトレジャーハンターになる!!
えーっ
ってアレ？
もく
もく
アディンちゃんが行ってからこの数カ月、
ずーっと考えこんでたからな、そろそろいうと思ってた。

だがな、今のサーガには無理《むり》だ。
サーガ
おまえはその体の弱さで、氷《こおり》の山や熱帯《ねったい》の沼地《ぬまち》を歩き回れるか？
うっ…。
それが一番心配…
あたしもサーガが今のままトレジャーハンターになるのは反対《はんたい》だよ。
今の…まま？
そうだ、今のままではな。
今のままではダメ……。

ってことは、今のままじゃなければいいんだよね。
う〜ん
ぼくだっていつかはじょうぶになれる。
そのとき、反対《はんたい》されないためには…。
ピピピ…
おはよう、かあさん、エッダ！
さっそくだけどおねがいがあるんだ。
なんだい？
ときどきお店に、なやみごとや謎解《なぞと》きを持《も》ってくるお客《きゃく》さんがいるよね。
たまにいるね、やっかいを持《も》ちこむお客《きゃく》が。

それを解決《かいけつ》してあげようよ、品物《しなもの》を買ってもらうのを条件《じょうけん》に！
そりゃあたしも、お客《きゃく》さんを助《たす》けてあげたいけどねえ…。
どっこいしょ
わかってる！かあさんはいそがしいから、
ぼくが解決《かいけつ》する！
なるほど…。で、条件《じょうけん》は？
その売り上げの一割《わり》を解決料《かいけつりょう》としてもらいたいんだ。
将来《しょうらい》、ハンター・トレジャーになるための資金《しきん》にね。
おこづかい目当てじゃないのは感心《かんしん》だ！
でも、できるのかい？何度《なんど》も失敗《しっぱい》されちゃ店の信用《しんよう》にかかわるよ。
謎《なぞ》解《と》きは数字や計算がつきもの。
あんたそのへんがからっきしじゃないか。
それは…。

それはわたしが手つだってあげるわ。
エッダ！
サーガがトレジャーハンターになるのは反対《はんたい》だけど、
お店には繁盛《はんじょう》してほしいと思ってたから。
ありがとう！
頭のいいエッダがついていれば安心《あんしん》だね。
サーガ、
うまくやれば、みんなが笑顔《えがお》になれる。期待《きたい》しているよ。
まかせてよ！
そして、その日の午後、店にはこんな看板《かんばん》が——
なやみごと解決《かいけつ》、謎解《なぞと》き、
お引き受《う》けします！
サーガ
さあ、どんな謎《なぞ》がやってくるだろう!?

目次 CONTENTS もくじ

謎《なぞ》解《と》きサーガ

登《とう》場《じょう》人《じん》物《ぶつ》紹《しょう》介《かい》

サーガ

父のバルムンクのような、トレジャーハンターにあこがれる少年。家業《かぎょう》の雑貨店《ざっかてん》で謎解《なぞと》きをし、かせいだお金は将《しょう》来《らい》、トレジャーハンターになるため貯金中《ちょきんちゅう》。

【得意技《とくいわざ》&特徴《とくちょう》】
▶謎解《なぞと》き・好奇心《こうきしん》
【弱点&欠点《けってん》】
▶体が弱《よわ》い・あきっぽい

エッダ

サーガより2つ年上の姉。計算問題《もんだい》は得意《とくい》だけど、運動《うんどう》は大の苦手《にがて》。サーガがトレジャーハンターをめざすことに反対《はんたい》しているが、謎解《なぞと》きには力をかす。

【得意技《とくいわざ》&特徴《とくちょう》】
▶知力・冷静《れいせい》
【弱点&欠点《けってん》】
▶運動《うんどう》が苦手《にがて》・心配性《しんぱいしょう》

ノーラ

【得意《とくい》技《わざ》&特徴《とくちょう》】
▶商売《しょうばい》・目《め》利《き》き
【弱点&欠点《けってん》】
▶がめつい・短気《たんき》

雑貨店《ざっかてん》をいとなむ、サーガとエッダの元気な母親。店で謎解《なぞと》きした客《きゃく》には、品物《しなもの》を買ってもらう決《き》まりにしている。その売り上げの一割《わり》が、サーガの取《と》り分《ぶん》になる。

バルムンク

【得意《とくい》技《わざ》&特徴《とくちょう》】▶探検《たんけん》・目《め》利《き》き
【弱点&欠点《けってん》】▶自信家《じしんか》・なれなれしい

サーガとエッダの父親。世《せ》界中《かいじゅう》を旅《たび》し、迷宮《めいきゅう》に挑《いど》むトレジャーハンター。発見《はっけん》するものは高い価値《かち》があることが多い。冬のあいだは家にいるが、春になると冒険《ぼうけん》の旅《たび》に出て長く家を留守《るす》にする。

アディン

【得意《とくい》技《わざ》&特徴《とくちょう》】▶探検《たんけん》・すばやさ
【弱点&欠点《けってん》】▶寒《さむ》がり・意地《いじ》っぱり

自分の父親について世界中《せかいじゅう》を旅《たび》するトレジャーハンター見習《みなら》い。まだ経験《けいけん》が浅《あさ》いので、父親が危険《きけん》と判断《はんだん》した迷宮《めいきゅう》などでは立ち入りがゆるされないことが多い。

第1話

はじめての仕事《しごと》・悪魔《あくま》との約束《やくそく》をやぶれ！

男がむすんだ悪魔《あくま》との約束《やくそく》。それは、妻《つま》の命《いのち》をすくうために、むすめの命《いのち》をさしだすというものだった。どうすればむすめを助《たす》けることができるだろうか？

昼食を食べ終《お》わったころ、店に予定外《よていがい》の荷物《にもつ》がとどいた。

さしだし人はバルムンク。ほりだしものをさがして世界中《せかいじゅう》を旅《たび》する、サーガの父親だ。

サーガとエッダが目をかがやかせて見守《みまも》るなか、ノーラが木箱《きばこ》を開《あ》ける。中には木ぼりの像《ぞう》やガラスの工芸品《こうげいひん》、年季《ねんき》の入った水さしなどが入っていた。

「これはまた、売れそうもないものばかりだねぇ」

ノーラが品物《しなもの》を手にとってはたしかめながら、軽《かる》くため息《いき》をこぼす。

「ガラクタばかりなの？」

その逆《ぎゃく》だよ。みんな価値《かち》のある品《しな》だから、高くて売れないって意味《いみ》さ。
価値《かち》がひと目でわからないようじゃ、とうさんのようなトレジャーハンターにはなれないね。
ちゃんとお店を手つだっていれば、そのうちわかるようになるわよ。

かあさんのいいかたにも問題《もんだい》があるよ、とサーガは思った。

トントン。

店のとびらから小さなノックが聞こえた。

「おや、お客《きゃく》さんだね」

「ノーラさんのお店はこちらですか？」

入ってきたのは、やせた女の人。年のころはノーラと同じくらいだ。

「そうだよ。いらっしゃい。よいしょっと」

ノーラは立ち上がり、女の人を出むかえる。

「こちらでは、どんななやみでも解決《かいけつ》してくれるとうかがいまして……」

「品物《しなもの》を買ってもらうのが決《き》まりだけどね」

ノーラは、店のおくにあるソファへと、女の人をまねいた。

「サーガ。とびらに『休憩中《きゅうけいちゅう》』のふだをかけてきて」

サーガは早く話を聞きたい気持《きも》ちをおさえて、店の外へ向《む》かう。

「それで、なやみはなんだい？」

「その、話せば長くなるのですが……」


いまから十年前、女の人は医者《いしゃ》もあきらめたほどの病気《びょうき》をわずらったものの、奇《き》跡的《せきてき》に助《たす》かった。

けれども、これにはわけがあった。夫《おっと》が悪魔《あくま》と約束《やくそく》をしてしまったのだ！

「当時、まだ産《う》まれて間もないむすめのたましいと引きかえに、わたしの命《いのち》はすくわれました」

「じゃあむすめさんはもう……」

「悪魔《あくま》は……すぐには、むすめのたましいをうばわず、契約書《けいやくしょ》をのこして去《さ》ったそうです」

そういうと、女の人はバッグの中から古びた羊皮紙《ようひし》をとりだし、ノーラたちに手わたした。

「だんなさんは？」

「先週、亡《な》くなりました。この悪魔《あくま》とかわした約束《やくそく》をいいのこして……」

サーガたちは口を開《ひら》くことができず、店の中は重苦《おもくる》しい空気につつまれた。

「むずかしいことはわかっています。けれどどうか、むすめを助《たす》けてください！」

Q 悪魔《あくま》との約束《やくそく》をやぶり、むすめのたましいを守《まも》るには、どうすればいい？

←つぎのページから「解決編《かいけつへん》」だよ。めくる前にこたえを考えよう！

解決編《かいけつへん》

「サーガ、エッダ、なにか思いつくかい？」

ノーラのことばに、サーガが身《み》をのりだす。

「ねぇ、悪魔《あくま》との約束《やくそく》って、おばさんのむすめのたましいと引きかえなんだよね？」

「ええ、そうよ」

じゃあ、その子がおばさんの子じゃなくなれば、契約《けいやく》はなしにならないかな。
わたしもそう考えていたわ。だれかの養子《ようし》にして、名前もかえれば、その子とおばさんは他人《たにん》になれる。
そんな方法《ほうほう》が…。

「ダメかもしれないけどさ、あたしたちにゃそれしか思いうかばないよ」

「ありがとうございます。ダメでもともとなのですから、失敗《しっぱい》しても文句《もんく》はいいません。さっそく養子《ようし》の手続《てつづ》きを進《すす》めます！」

「ちょいと待《ま》ちな！」

ソファから立ち上がった女の人を、ノーラがあわててよびとめる。

「約束《やくそく》をとり消《け》せたとしても相手《あいて》は悪魔《あくま》だよ。無事《ぶじ》にすむとは思えないね」

「ご心配《しんぱい》、ありがとうございます。ですが、ほんとうならばわたしの命《いのち》は10年も前に消《き》えていたもの。むすめが生きのびてくれるのなら、少しもおしくはありません」

「そうかい……」

女の人は、とてもかわいらしい子どもの人形を買って、店をあとにした。

「それにしてもひどいおとうさんね。子どものたましいと引きかえにするなんて……」

エッダが『休憩中《きゅうけいちゅう》』のふだをはずしながらつぶやく。
「悪《わる》くいうもんじゃないよ。だんなさんにとって、おくさんの命《いのち》がなにより大切だったんだ。それに十年間も、だれにもほんとうのことをいえず苦《くる》しんだんだからね」
数日後、子どもの人形をかかえた女の子が、真新《まあたら》しいお墓《はか》の前に立ち、声を出さないように歯《は》を食いしばって涙《なみだ》を流《なが》していた……。

A

むすめと親子でなくなればいい。

「悪魔《あくま》とは名前で約束《やくそく》しているから、名前もかえればかんぺきだね」

きょうの売り上げ

◎店の収入《しゅうにゅう》：かわいらしい子どもの人形の代金《だいきん》

◎サーガの収入《しゅうにゅう》：銀貨《ぎんか》8まい

きょうのことば

「自分で解決《かいけつ》できないかくしごとなら、最後《さいご》の最後《ご》までかくしとおすんだね……（ノーラ）」

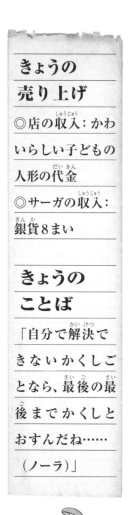

第2話

妖精《ようせい》を幸《しあわ》せにする方法《ほうほう》

家事《かじ》をするのが生きがいの妖精《ようせい》に、主人《しゅじん》は家事《かじ》をさせず、人に見せびらかしてばかり。なやんだ妖精《ようせい》は、主人《しゅじん》のもとからにげて、ノーラの店をおとずれるが……。


「かあさん、それなに？」

カウンターの上にある鳥かごは、サーガが買《か》い物《もの》に出る前にはなかったものだ。

中に入っていたのは鳥ではなく、身長《しんちょう》がノーラの手のひらほどのぽっちゃりとした女の子……妖精《ようせい》だ。彼《かの》女《じょ》はあおむけになり、いびきをかいてねむっていた。

「妖精《ようせい》？　でもずいぶんと太ってるね……」

「家事《かじ》の妖精《ようせい》だよ」

ノーラは家事《かじ》の妖精《ようせい》を見ながら、ため息《いき》をつく。

「少し前にカイマーさんがきてね。この家事《かじ》の妖精《ようせい》はまったくはたらかない、タダでいいから引きとってくれってさ」

「はたらかない？」

「家事《かじ》の妖精《ようせい》ってのは、ほんとうは人間の家事《かじ》を手つだうのが生きがいなんだよ。けど、この子は食べてねるだけで、まったくはたらかない。何人もの家事《かじ》の妖精《ようせい》を見てきたけど、こんななまけ者《もの》ははじめてさ」

家事《かじ》の妖精《ようせい》はのん気に寝返《ねがえ》りを打《う》つ。

トントントン！

ノックのような音がひびく。

　サーガとノーラがふりむくと、そこには必《ひっ》死《し》にガラス窓《まど》をたたく女の子の妖精《ようせい》がいた。

「おや、めずらしい。一日にふたりも家事《かじ》の妖精《ようせい》を見るなんて」

　窓《まど》を開《あ》けると、家事《かじ》の妖精《ようせい》が店内にとびこむ。

どうしたんだい、
そんなにあわてて。
こちらはノーラさんのお店ですよね！おねがいします、助《たす》けてください！

妖精《ようせい》は数日前に、お金持《かねも》ちのヘンリーに買われた。しかし、ヘンリーは彼女《かのじょ》を友だちに見せびらかすだけで、まったく家事《かじ》をさせないという。

「家事《かじ》はわたしたちの生きがいなんです。家事《かじ》ができないのなら妖精《ようせい》の森にもどったほうがましです！」

「それでヘンリーさんのところから、にげてきたんだ」

サーガのことばに、妖精《ようせい》はコクリとうなずいた。

「はたらきたくてもはたらけない家事《かじ》の妖精《ようせい》もいれば、はたらけるのにはたらかない家事《かじ》の妖精《ようせい》もいる……か」

「はたらかない家事《かじ》の妖精《ようせい》なんていません！」

ノーラが鳥かごの中の妖精《ようせい》を彼女《かのじょ》に見せようとしたとき、コンコンコンと、店のとびらがノックされた。

Q ヘンリーをなっとくさせて、はたらき者《もの》の家事《かじ》の妖精《ようせい》をにがすには？

←つぎのページから「解決編《かいけつへん》」だよ。めくる前にこたえを考えよう！

解決編《かいけつへん》

「持《も》ちこまれた妖精《ようせい》はこの子だよ」

ノーラは鳥かごに入ったなまけ者《もの》の妖精《ようせい》をヘンリーに見せる。

妖精《ようせい》はずっとねたままだ。

妖精《ようせい》をひと目見たヘンリーは、深《ふか》いため息《いき》をつきながら首を横《よこ》にふった。

「この家事《かじ》の妖精《ようせい》は、わが家の妖精《ようせい》とはちがいますな。おさわがせしました」

礼《れい》をいって立ち去《さ》ろうとするヘンリーに、ノーラが声をかける。

「そうさ、この子はとてもめずらしいんだ。そんじょそこらの家事《かじ》の妖精《ようせい》といっしょにしないでおくれ」

「ほう、いったいどうめずらしいのですかな？」

ヘンリーが家事《かじ》の妖精《ようせい》をじっと見つめる。

「家事《かじ》の妖精《ようせい》といえばみな、はたらき者《もの》で体も細い。でもこの子はこんなにぽっちゃりしている」

「なるほど、いわれてみれば……」

「それにこの子ははたらかないんだ。家《か》事《じ》の妖精《ようせい》なのに家事《かじ》をしないなんて、世《せ》界中《かいじゅう》をさがしてもこの子だけさ。どうだい、めずらしいだろう？」

「ほほう、世界《せかい》でひとり！　それはめずらしい。どうだろう、この家事《かじ》の妖精《ようせい》をわたしにゆずってくれませんか？」

「ダメダメ、ゆずれないよ。家事《かじ》の妖精《ようせい》ってのは家や店の守《まも》り神《がみ》でもあるんだ」

「そこをなんとか！　お金ならいくらでも用意《ようい》しますから」

お金の問題《もんだい》じゃないよ。
うーん……。
そうだ、べつの家事《かじ》の妖精《ようせい》との交換《こうかん》ならゆずってもいいよ。
ZZ

「ありがたい！　いま、わが家の家事《かじ》の妖精《ようせい》は行方不明《ゆくえふめい》ですが、かならず見つけてつれてきます。それまでぜったいにほかの人には売らないでくださいね」

それだけいいのこすと、ヘンリーは急《いそ》ぎ足《あし》で店をあとにした。

窓《まど》からヘンリーが店をはなれたのをたしかめると、ノーラは家事《かじ》の妖精《ようせい》にやさしくよびかける。

「出ておいで」

そのことばに、かくれていた家事《かじ》の妖精《ようせい》が顔を出す。

「話は聞こえただろう。てきとうなところでヘンリーさんにつかまってきな。うちに持《も》ちこまれたらにがしてあげるからさ」

「でも……」

彼女《かのじょ》は心配《しんぱい》そうに、かごに入った妖精《ようせい》を見る。

「家事《かじ》をしなくたって主人《しゅじん》がよろこび、ごはんまで食べさせてくれるんだ。この子にピッタリのおつとめ先だと思うけどね」

「そ、そうですね。ではつかまってきます」

家事《かじ》の妖精《ようせい》は苦笑《にがわら》いをうかべてうなずくと、窓《まど》から外に出ていった。

「だいじょうぶかな」

「だいじょうぶさ……きっとね」


その日の夕方。ヘンリーといっしょに家事《かじ》の妖精《ようせい》がおとずれ、無事《ぶじ》、なまけ者《もの》の家事《かじ》の妖精《ようせい》と交換《こうかん》できた。

「ありがとうございます。みなさんのおかげで、思いっきり家事《かじ》ができます！」

家事《かじ》の妖精《ようせい》は、食べ終《お》わったあとの食器《しょっき》をかたづけながら笑《え》みをうかべる。

「いいんだよ、お礼《れい》なんてしなくて。あたしもあのなまけ者《もの》をどうしようかって、なやんでいたんだから」

「いえ、ぜひここではたらかせてくださいい。守《まも》り神《がみ》の役目《やくめ》もはたしますので！」

ノーラたちの家に住《す》むこととなった家事《かじ》の妖精《ようせい》はフラウと名づけられ、きょうもせっせと家事《かじ》をこなしているという。

A はたらかない妖精《ようせい》を「めずらしい」と売りこみ、はたらきたい家事《かじ》の妖精《ようせい》と交換《こうかん》させる。

「ほかにもヘンリーさんがなっとくする方法《ほうほう》があれば、それも正解《せいかい》だよ！」

きょうの売り上げ

◎店の収入《しゅうにゅう》：はたらき者《もの》の家事《かじ》の妖《よう》精《せい》

◎サーガの収入《しゅうにゅう》：銀貨《ぎんか》1まい

きょうのことば

「だれがなにをほしがっているか考えるのが、商売《しょうばい》の鉄則《てっそく》さ……（ノーラ）」

第3話

革《かわ》を切るハサミはだれのもの？

魚《さかな》屋《や》のデラばあちゃんが革細工《かわざいく》用のハサミをひろった。魚《さかな》屋《や》にきた職人《しょくにん》はふたり。どちらもケチでうそつき。ふたりに直接《ちょくせつ》たずねずに、持《も》ち主《ぬし》を見きわめるには？


「サーガ、ノーラはいるかい？」

「あっ、デラばあちゃん。朝早くにめずらしいね」

やってきたのは魚《さかな》屋《や》のデラばあさんだ。

つえをついているがまだまだ元気で、店を息子《むすこ》夫婦《ふうふ》にゆずってからは、屋台《やたい》を出して焼《や》いた魚を売っている。

「実《じっ》はきのう、屋台《やたい》の下に落《お》とし物《もの》があったんだ」

デラばあさんがふところからとりだしたのは、にぎるところの大きなハサミだ。

ノーラはハサミを受《う》けとると、注意深《ちゅういぶか》く品《しな》さだめをする。

「革細工《かわざいく》用のハサミか。なかなかの高級品《こうきゅうひん》だね。有名《ゆうめい》なハサミ職人《しょくにん》が手がけたんじゃないかな」

「そうだろう、ばばあもひと目でわかったよ」

ノーラの見立てに、デラばあさんはうれしそうにうなずく。

「きのう、屋台《やたい》にきた革細工職人《かわざいくしょくにん》はエドワードとゲイルのふたり。どちらかが落《お》としたんだろうけど……」

「よりによって、あのふたりか……」

エドワードとゲイルは腕《うで》のいい革細工職人《かわざいくしょくにん》だが『ひろったものは、おれのもの』が口ぐせの、ケチなうえにうそつきで有名《ゆうめい》なふたりだ。

おまけにおたがい仲《なか》が悪《わる》い。

Q 革細工《かわざいく》職人《しょくにん》のエドワードとゲイル。ハサミを落《お》としたのは、はたしてどっち？

←つぎのページから「解決編《かいけつへん》」だよ。めくる前にこたえを考えよう！

解決編《かいけつへん》

「かあさん、このハサミ、なんだかへんだよ。うまく手になじまないっていうか……」

サーガがハサミを右手に持《も》ち、開《ひら》いたり閉《と》じたりする。ふだん使《つか》っているハサミより動《うご》かしにくい。

「そのハサミは左手用だからね。右手用のハサミとかみ合わせが逆《ぎゃく》だし、指《ゆび》を入れるところも左から指《ゆび》をさしこむように作られているんだ」

「そうなんだ。左手用のハサミなんてめずらしいね」

デラばあさんが両手《りょうて》をポンと打《う》ちつける。

「左ききなのはゲイルだね。左手の薬指《くすりゆび》に革《かわ》の指《ゆび》あてをしていたよ」

「指《ゆび》あてってなに？」

「革《かわ》の指輪《ゆびわ》さ。革《かわ》はじょうぶだから、なかなか針《はり》がささらない。指《ゆび》あてに針《はり》の後ろをあて、おしてさすんだよ」

「モヤモヤした気分をスッキリとさせてくれたお礼《れい》だよ。それにゲイルが仕事《しごと》できなくなると、うちのお客《きゃく》さんがひとりへっちまうからね。つまり自分のためさ」

サッパリとした顔で店を出ていくデラばあさん。それとは正反対《せいはんたい》に、サーガの表情《ひょうじょう》はくもってしまった。

「どうしたんだいサーガ？」

「ぼくお魚きらい……」

「あはは、あきらめな。デラばあさんのことだ、山ほど焼《や》き魚《ざかな》を持《も》ってくるよ。今《こん》晩《ばん》は魚づくしだね」

「ひぇぇ……」

「直接《ちょくせつ》の収入《しゅうにゅう》にはならなかったけど、夕食のおかず代《だい》がういたね」

A

ハサミは左手用なので、持《も》ち主《ぬし》は左ききのゲイル。

「道具《どうぐ》の知識《ちしき》がなくても、気になるところがあれば手がかりになるよ」

きょうの売り上げ

◎店の収入《しゅうにゅう》：ザルいっぱいの焼《や》き魚《ざかな》をもらった

◎サーガの収入《しゅうにゅう》：銀貨《ぎんか》1まい

きょうのことば

「商売人《しょうばいにん》ならささいなことでも、お客《きゃく》さんの特徴《とくちょう》をおぼえておくべし……（デラばあさん）」

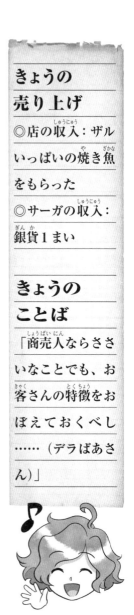

第4話

ほんもののエッダを見やぶれ!?

悲鳴《ひめい》とともに、三人のエッダがあらわれた。いたずらずきな妖精《ようせい》が変身《へんしん》しているらしい。このごろ少しずつ謎解《なぞと》きで知られてきた店に、挑戦《ちょうせん》してきたのだ！

「きゃーっ！　かあさーんっ‼」

店番をまかせていたエッダのとつぜんの悲鳴《ひめい》に、ノーラとサーガは昼食の準備《じゅんび》をやめて店へとかけこむ。

店にいたのは、エッダとエッダとエッダ……。三人のエッダだ。

「へんな子どもがお店に入ってきたの！　声をかけたら、すがたがかわって……」

「『へんな子ども』とは失礼《しつれい》だな！　ぼくはパッフィン、れっきとした妖精《ようせい》だぞ！」

「ぼくはピリカ。いたずらをしないと生きていけない、いたずらの妖精《ようせい》さ！」

三人のエッダが声を上げる。オロオロしているのがほんもののエッダで、楽しそうな笑《え》みをうかべているのがパッフィンとピリカだ。

「エッダをこまらせて、どういうつもりだ！」

いたずらの妖精《ようせい》（が変身《へんしん》したエッダ）にとびかかろうとするサーガの肩《かた》を、ノーラがおさえてとめる。

「サーガ、落《お》ち着《つ》きな。あんたたち、エッダに化《ば》けた目的《もくてき》はなんだい？」

「話のわかるおばさんだ」

「ぼくたちの中で、だれがほんとうのエッダちゃんかを当ててもらう。はずれたらお菓子《かし》をもらうよ！」

「そんなのかんたんじゃないか、そこのオロオロとしているのが……」

「それっ！　楽しくおどろう♪」

「きゃっ！」

ふたりのエッダが、ほんもののエッダの手をとって立ち上がらせると、おどりながらグルグル入れかわる。

「らーんらららんらん♪」

「エッダちゃんには、ときどきうそをつく術《じゅつ》にかかってもらったよ！」

うそをつくのは
悪《わる》い子だ！
だからぼくは
ほんとうのこと
しかいわないよ！
パッフィンは
いい子だからな。
ぼくはうそしか
つかないよ！

エッダたちの手がはなれ、三人はヘナヘナとゆかにすわりこんだ。

今度《こんど》はパッフィンとピリカも不安《ふあん》げな表情《ひょうじょう》をうかべ、エッダを演《えん》じる。しぐさも化《ば》けかたもかんぺきで、見た目ではちがいがわからない。

「さて、こまったことになったね。サーガ、ほんもののエッダがわかるかい？」

三人のエッダの視線《しせん》が、サーガに集《あつ》まる。

「うん、こんなのかんたんだよ！」

Q 三人のうち、ほんもののエッダを見やぶれ。

←つぎのページから「解決編《かいけつへん》」だよ。めくる前にこたえを考えよう！

解決編《かいけつへん》

「パッフィンはうそをつかないんだよね。だからパッフィンといったのはパッフィンだ」

「へへへ、当たり！　ここまではすぐわかるよね！」

パッフィンが術《じゅつ》を解《と》くと、三角帽《さんかくぼう》をかぶった子どもがあらわれる。

「ピリカはうそつきだから、自分がピリカっていえず、エッダだっていうしかない。だからピリカといったのがエッダで、エッダといったのがピリカだ」

「当たりーっ。ちぇっ、かんたんすぎたかな？」

ピリカも術《じゅつ》を解《と》いて、三角帽《さんかくぼう》をかぶった子どものすがたになる。パッフィンとピリカの顔はそっくりで、ちがうのは帽子《ぼうし》の色だけだ。

「あーあ。お菓子《かし》、ほしかったなーっ」

「しょうがないよピリカ。見ごとに見やぶったサーガちゃんにはプレゼントだ！」

そういうとパッフィンは三角帽《さんかくぼう》をぬいで、サーガにかぶせた。とつぜんのことにサーガはおどろいてしりもちをついてしまう。

「じゃあぼくは、エッダちゃんにおわびの品《しな》をプレゼント。ときどきうそつきの術《じゅつ》も解《と》かなきゃね」

ピリカも三角帽《さんかくぼう》をぬぐと、すわりこんだままのエッダにかぶせようとする。

「きゃっ！」

「じゃあねーっ！　またくるよーっ！」

「今度《こんど》こそお菓子《かし》をもらうからねーっ！」

パッフィンとピリカはサーガたちになにもいわせる間をあたえず、とびらから出ていってしまった。

「またくるって……」

エッダは、すっかりつかれたようすで、ぼうぜんとしながらつぶやいた。

しかし、ノーラは、妖精《ようせい》たちがおいていった三角帽《さんかくぼう》を見て目の色をかえた。

「うん、この三角帽《さんかくぼう》は高い値段《ねだん》で売れるね。いそがしいときはこまるけどさ。ヒマなときは、相手《あいて》をしてやってもいいじゃないか」

そういって、サーガに銀貨《ぎんか》をわたした。エッダは、頭をかかえてさけんだ。

「もう目を回されるのはいやーっ！」

A ピリカといったのがエッダ。

「パッフィンといったのが本人、エッダといったのがピリカだよ」

きょうの売り上げ

◎店の収入《しゅうにゅう》：いたずらの妖精《ようせい》の三角《さんかく》帽《ぼう》をふたつ入荷《にゅうか》

◎サーガの収入《しゅうにゅう》：銀貨《ぎんか》8まい

きょうのことば

「店内でさわぐ客《きゃく》は、子どもであってもゆだんはしないこと……（ノーラ）」

第5話

大男の愛犬《あいけん》をすくえ！

ある日、店に大男があらわれた。愛犬《あいけん》をとりもどすための知恵《ちえ》をかしてほしいというのだ。居場所《いばしょ》はわかるのに、手が出せないというのだけど、どういうことだろう……。


「失礼《しつれい》する」

とびらを開《あ》け、男がかがみこんで入ってくる。入り口をくぐり背《せ》すじをのばすと、男の身長《しんちょう》はおどろくほど大きい。天井《てんじょう》に頭をぶつけてしまいそうだ。

「わぁ……」

サーガの口からおどろきの声がもれた。男の顔色はひどく悪《わる》いが、ガッシリとした体から病気《びょうき》ではなさそうだ。もしや世界樹《せかいじゅ》のふもとに住《す》むという巨人族《きょじんぞく》だろうか？

「ここで知恵《ちえ》をかしてくれると聞いたのだが？」

「あ、ああ、できるかぎりでね。そのかわりに商品《しょうひん》を買ってもらうけどさ」

あっけにとられていたノーラだが、商売根性《しょうばいこんじょう》が彼女《かのじょ》を正気にもどす。

「悪《わる》いがこの国の金は持《も》ち合わせていないのだ。かわりの品《しな》でかんべんしてもらえないだろうか？」

「あんた、この国の人じゃないね。かまわないよ、よその国の装飾品《そうしょくひん》は高く売れるからさ」

「ぼくならよその国の話だけでも、手つだっ……んぐっ!?」

ノーラがサーガの口をあわててふさいだ。

「き、気にしないでおくれ。たのみごとはなんだい？」

「フェンリ……愛犬《あいけん》のフェンがとらわれてしまったのだ」

「とらわれた？」

「そうだ、あまり仲《なか》のよくない知り合いにね」

男はこまったような表情《ひょうじょう》をうかべ、首を横《よこ》にふる。

ひどいやつがいるもんだね。
そのフェンちゃんをさがせっていうのかい？
いや、フェンのいる場所《ばしょ》はわかっている。
しかし近づけないのだ。悪《わる》いがフェンのいる場所《ばしょ》までできてもらえないか？

「わかったよ。エッダ、ちょっときておくれ。店番をおねがいするよ!」

男の大きさにおどろくエッダを店にのこし、サーガとノーラは男といっしょに出かける。

夕ぐれの村を出て草原を進《すす》み、ちょうど日がしずんだところで、男は足をとめた。

「あそこにフェンがいるのがわかるかな」

男の指《ゆび》さす先には、林があり、1頭の大きなイヌがいた。その表情《ひょうじょう》はどことなくこまりはてているようにも見える。

「なんだい。場所《ばしょ》がわかっているなら、よぶなり近づくなりすればいいじゃないか」

「見ていてくれ……」

男が一歩、足をふみだす。するといろいろな動物《どうぶつ》の鳴き声がひびきわたり、フェンは走り去《さ》ってしまった。

「な、なんだい、いまのは?」

「どうやら知り合いは、10匹《ぴき》の動物《どうぶつ》に『何者《なにもの》かがフェンに近づいたらおそう』よう命令《めいれい》しているらしい。まずはその動物《どうぶつ》を見つけてつかまえてからでないとフェンに近づくことができないのだ」

しばらくするとフェンはもどってきて、先ほどいた場所《ばしょ》で立ち止まる。

「あそこが、近づけるギリギリの場所《ばしょ》のようだ」

「フェンってすごく強そうだけど、おそってくる動物《どうぶつ》たちをたおせないの？」

「たとえ百の獅子《しし》を相手《あいて》にしても、フェンは負《ま》けない。しかし人間の世界《せかい》……いや、この国では、ぜったいにさわぎを起《お》こさないよう命令《めいれい》してある。それがうら目に出てしまった。フェンの腹《はら》の中はくやしさと怒《いか》りでにえたぎっていることだろう」

男が深《ふか》いため息《いき》をこぼす。

「10匹《ぴき》の動物《どうぶつ》はこの林のどこかにかくれている。わたしがつかまえるから、あなたたちはどこにいるかさがしてくれないか？」

Q

林の中にかくれている10匹《ぴき》の動物《どうぶつ》をさがしだせ!

解決編《かいけつへん》

「いた！　しげみの中にウサギがいる！」

「よし」

サーガが指《ゆび》さすと、男は風のようにかけだし、あっという間にウサギをつかまえる。これをくり返《かえ》した。

つかまえた動物《どうぶつ》たちをノーラが数える。

「1、2、3……これでぜんぶだね。10匹《ぴき》っていったけど、ほかにかくれているってことはないのかい？」

「だいじょうぶだ。あたりから気配《けはい》を感《かん》じない」

口ではそういいつつも、男は緊張《きんちょう》した足どりでフェンに向《む》かって歩きだす。

見守《みまも》るサーガとノーラ。男がフェンに近づいても、動物《どうぶつ》の声は聞こえなかった。

「やったね！」

パン！　とサーガとノーラが手を合わせる。

もうだいじょうぶだとわかり、フェンも走って男のもとに近づく。

「でかっ！」

近くで見るとフェンはサーガより……いやノーラよりも大きい。イヌとは思えないほどたくましく、目つきもするどい。

「手間をかけさせたな」

「たいしたことじゃないさ。でも友だちはえらびなよ」

「ふふっ、そうだな」

無事《ぶじ》にフェンを助《たす》けることができたからか、ずっとけわしい表情《ひょうじょう》だった男が、はじめて苦笑《にがわら》いをうかべた。

「礼《れい》だが、いまはこれしか持《も》ち合わせていない」

そういって男は指《ゆび》から指輪《ゆびわ》をぬきとり、ノーラにさしだす。

指輪《ゆびわ》は年代物《ねんだいもの》で、まちがいなく貴重《きちょう》なものだ。

「おれはこのままもどろう。サーガくん、もし機会《きかい》があったら、おれの国にくるといい。歓《かん》迎《げい》するよ」

「えっ、いいの!?」

「指輪《ゆびわ》を引きとりにきたとき、国の話をしてあげよう」

男はサーガの頭を軽《かる》くなで、背《せ》を向《む》けて歩きだした。

「フェンってイヌじゃなくてオオカミじゃないかな？」

「あたしもそう思っていたよ。

いずれかわりの品《しな》を持《も》って、指輪《ゆびわ》は引きとりにこよう。

あの体の大きさに、あんな大きなオオカミをつれて……あいつは何者《なにもの》なんだろうね？」

ノーラの手の中で、指輪《ゆびわ》が月の光をあび、あやしいかがやきをはなつ。

（あの指輪《ゆびわ》、はめてみたいな）

「どうしたんだい、サーガ？」

「ううん、なんでもない……」

ふだんは指輪《ゆびわ》に興味《きょうみ》のないサーガだが、不思議《ふしぎ》とそんな思いがわき立った……。

A

①ヘビ ②トリ ③ウサギ ④ネズミ
⑤ハリネズミ ⑥トカゲ ⑦リス
⑧コウモリ ⑨フクロウ ⑩シカ

きょうの売り上げ

◎店の収入《しゅうにゅう》：年代物《ねんだいもの》の指輪《ゆびわ》（しはらいまでのあずかり品《ひん》）

◎サーガの収入《しゅうにゅう》：銀貨《ぎんか》10まい

きょうのことば

「大きすぎるお礼《れい》はわざわいのもと……（ノーラ）」

第6話

妖精《ようせい》がリベンジにやってきた！

エッダに化《ば》けて大さわぎした、いたずらの妖精《ようせい》たちがふたたび店にあらわれた。今度《こんど》は金属《きんぞく》の球《たま》とてんびんを持《も》ちこんで、問題《もんだい》を出してきた！


「またきたよ、こんばんはーっ！」

日がくれて、そろそろ店じまいの時間。いきなり、とびらを開《あ》けてとびこんできたのは、三角帽《さんかくぼう》をかぶったいたずらの妖精《ようせい》たちだ。

「パッフィンにピリカ、だったたっけ？」

「ノーラおばさん、せーかい。名前をおぼえていてくれたんだ！」

「エッダちゃんと、サーガちゃんも元気だった？」

以前《いぜん》、自分のすがたに化《ば》けられたエッダは、用心してあとずさる。しかしサーガは楽しそうな笑《え》みをうかべて、あいさつを返《かえ》した。

「まあね。それで、きょうはなにしにきたの？」

「今度《こんど》こそみんなに『まいった！』っていわせて、お菓子《かし》をもらうからね！」

パッフィンは三角帽《さんかくぼう》をぬぎ、中からたまごほどの大きさの金属《きんぞく》の球《たま》をとりだしてテーブルにならべる。

Q 7つの球《たま》のうち、ひとつだけ
重《おも》さのちがう球《たま》はどれ？

←つぎのページから「解決編《かいけつへん》」だよ。めくる前にこたえを考えよう！

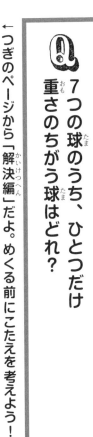

解決編《かいけつへん》

「かんたん！　よくある問題《もんだい》だよ」

「ちがうわ、サーガ」

球《たま》に手をのばそうとしたサーガを、エッダがとめる。

「サーガのやろうとしているのは、まず3個《こ》ずつに球《たま》をわけて、てんびんではかる方法《ほうほう》でしょ？」

「うん。そうだけど……」

「それって重《おも》さのちがう球《たま》が、ほかの球《たま》とくらべて重《おも》いのか軽《かる》いのか、あらかじめわかっているから2回ですむの。そうでなければ最初《さいしょ》にてんびんにかけて重《おも》いほうと軽《かる》いほう、つぎにどちらをはかればいいかがわからないでしょ」

「あっ、たしかにそうだ」

「てんびんを2回しか使《つか》わずに正解《せいかい》を見つける方法《ほうほう》はないと思う」

とつぜんノーラが球《たま》を手にとり、重《おも》さをたしかめ始《はじ》めた。

ノーラは軽《かる》いと宣言《せんげん》した球《たま》をパッフィンに手わたした。

「かあさん、それ反則《はんそく》じゃ……？」

「反則《はんそく》じゃないさ。球《たま》にさわっちゃいけないといわれていないし、てんびんを使《つか》わなくちゃいけないともいわれてない。そうだろ？」

「くーっ、正解《せいかい》だよ。この球《たま》が重《おも》さのちがう球《たま》だ」

「もうちょっとだったのに、おしかったなーっ！」

くやしそうにじだんだをふむパッフィンとピリカ。

「じゃあ、この球《たま》をひとつだけ、ノーラおばさんにプレゼントだ！」

「ぼくらのお手製《てせい》の金属《きんぞく》は、人間たちにはすごく貴重《きちょう》だって聞いたよ」

ピリカのいうとおりだ。

妖精《ようせい》が作った金属《きんぞく》は魔力《まりょく》をおびていて、剣《けん》やよろいの材料《ざいりょう》として、高い値段《ねだん》で取《と》り引《ひ》きされる。

「つぎこそ、みんなに勝《か》ってみせるからね！」

「あっ、ちょいとお待《ま》ちよ！」

球《たま》やてんびんを帽子《ぼうし》につめて、店からとびだそうとするパッフィンとピリカが、ノーラの声にふり返《かえ》る。

「なに？」

「いくらなんでも、タダでもらうのは気が引けるからね」

そういって母屋《おもや》へと向《む》かうノーラ。

もどってきた彼女《かのじょ》の手には、山もりのセムラがあった。たまごとミルクで作ったクリームを、あまいパンではさんだ焼《や》き菓子《がし》だ。

「わぁ！　セムラだ！」

「いいにおーい！」

「これを持《も》っておいきよ。妖精《ようせい》の金属《きんぞく》と引きかえじゃ安《やす》すぎるけどね」

ノーラはバスケットにセムラを入れ、パッフィンに手わたす。

「い、いいの？」

「もちろんさ。バスケットはつぎにきたときに返《かえ》しておくれ」

「ありがとう！」

「かならず返《かえ》しにくるよ！」

いたずらの妖精《ようせい》たちはバスケットをかかげると、大よろこびで店から出ていった。

「あーあ、せっかくのセムラが……」

「さて、あの子たち、今度《こんど》はなにを持《も》ってくるのかね」
そういってノーラは、いたずらの妖精《ようせい》たちがおいていった金属《きんぞく》の球《たま》を手にとり、エプロンのすそでうれしそうにみがく。
「この妖精《ようせい》の金属《きんぞく》は、きっと高く売れるよ」

A てんびんを使《つか》わないで、球《たま》の重《おも》さをはかる。

「ほかのはかりで重《おも》さをはかるのも正解《せいかい》。妖精《ようせい》たちの引っかけだよ」

きょうの売り上げ

◎店の収入《しゅうにゅう》：
妖精《ようせい》の作った金属《きんぞく》の球《たま》を仕入《しい》れた
◎サーガの収入《しゅうにゅう》：
特《とく》になし

きょうのことば

「高いものよりほしいものをあげるのが、一番よろこばれるのさ……（ノーラ）」

第7話

名剣《めいけん》のメッセージを読《よ》み解《と》け！

ある日、店に金髪《きんぱつ》の女剣士《けんし》があらわれた。戦場《せんじょう》で兵士《へいし》にたくされた剣《けん》で、もめごとが起《お》きている。知恵《ちえ》をかしてほしいというのだけれど……。

音もなくとびらを開《あ》けたのは、金色の長い髪《かみ》をたばねた長身《ちょうしん》のうつくしい女。腰《こし》に二本の剣《けん》を下げているところをみると、兵士《へいし》のようだ。

「うちになんの用だい？　武器《ぶき》や防具《ぼうぐ》はおいていないよ」

「必要《ひつよう》なものはありません。相談《そうだん》にうかがったのです」

「あんた、たのみごとは買《か》い物《もの》と引きかえだって決《き》まりを知ってるかい？」

女はノーラのことばにかまわず、話を始《はじ》めた。

とある戦場《せんじょう》でジャックという兵士《へいし》が戦死《せんし》した。彼《かれ》の剣《けん》は家族《かぞく》のもとに返《かえ》されたが、べつの兵士《へいし》が『その剣《けん》はジャックにぬすまれたものだから返《かえ》せ』と、いいだした。しかし、うったえた兵士《へいし》は評判《ひょうばん》が悪《わる》く、彼《かれ》のいい分はうたがわしい。

「わたしは、ジャックとうったえた兵士《へいし》ともかかわりはありません。ただジャックが真《しん》の兵士《へいし》だったのか、それともぬすみをはたらくような男だったのかを知りたいのです」

「そういわれても、話がそれだけじゃねえ……」

「せめて問題《もんだい》の剣《けん》が見られたらなあ……」

サーガのことばに、女は腰《こし》に下げていた剣《けん》をカウンターにおいた。

これがその剣《けん》です。アネモネからかりてきました。
アネモネさんって？

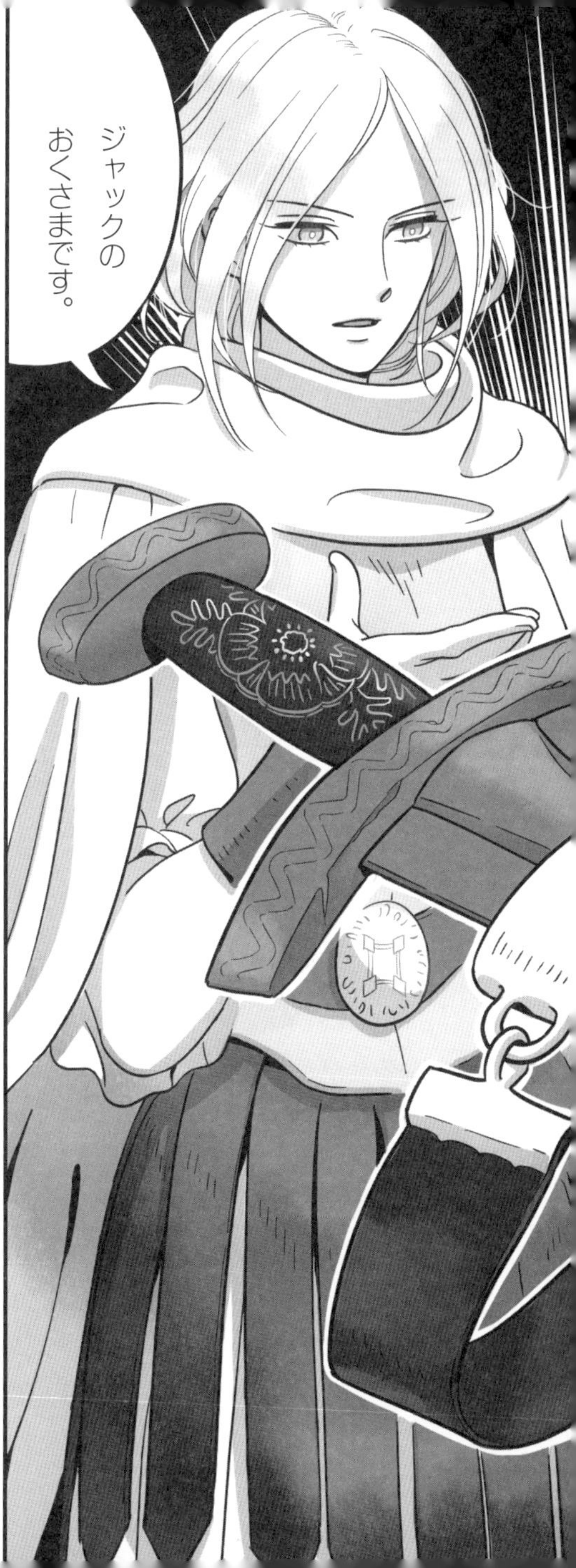

Q 剣《けん》はジャックのものだろうか？

←つぎのページから「解決編《かいけつへん》」だよ。めくる前にこたえを考えよう！

解決編《かいけつへん》

「ね、このつかの先っぽ。これ、お花のちょうこくかな?」

「さやにも同じ花がえがかれていますね」

ふたりのことばに、ノーラがつかの先端《せんたん》やさやを見つめ、パン! と、手のひらでひざを打《う》つ。

「これは……ふふっ、ずいぶんとロマンチックなだんなさまじゃないか」

「なにかわかったの、かあさん?」

「おそらくね。ジャックのおくさんの名前、アネモネっていったね」

「はい」

ノーラが店から出ると、赤い花のさいている鉢植《はちう》えを持《も》ってきた。

「ちょうど見ごろだ。つかとさやの花と見くらべてごらん」

サーガと女は鉢植《はちう》えの花と、剣《けん》にえがかれた花を見くらべる。

「よくにているね」

おそらく同じ花だよ。この花の名前は、アネモネっていうんだ。おくさんの名前にかけているんじゃないかな。
なるほど……。

女は感心《かんしん》したようにうなずく。

「ではこの剣《けん》は、ジャックのものだったということですね」

「ぬすまれたっていってる兵士《へいし》が、このみでえがいたのかもしれない。けれど自分の命《いのち》を守《まも》る剣《けん》に、おくさんと同じ名前の花をえがいたってほうが、あたしゃ、しっくりくると思うけどね」

「ジャックの名をけがさずにすみました。では代金《だいきん》のかわりにこれを……」

女は腰《こし》の剣《けん》をさやごとカウンターにおいた。そしてジャックの剣《けん》を手にとって、腰《こし》におさめる。

「りっぱな剣《けん》だけど……いいのかい？　剣《けん》は兵士《へいし》の命《いのち》だろ」

ノーラが剣《けん》をさやからぬく。すると月の光のような、つめたいかがやきをはなつ刀身《とうしん》があらわれた。

これほどの名剣《めいけん》を目にしたのは、ノーラもはじめてだ。

「待《ま》っておくれ。かんたんな謎解《なぞと》きをしただけで、こんな名剣《めいけん》は受《う》けとれないよ！」

あわててノーラが剣《けん》を返《かえ》そうとするが、女は受《う》けとらない。

「わたしはこの国のお金や、それにかわるものを持《も》ち合わせていません」

「どうにもこまったもんだね。先日も同じことをいわれて、指輪《ゆびわ》をあずかったばかりだってのに」

「同じこと？」

「そうさ。顔色の悪《わる》い大男からね。大きなイヌをつれていたよ」

「イヌじゃなくてオオカミだよ、あれは」

サーガが横《よこ》から口をはさむ。

「大きなオオカミ……フェンリル？」

ノーラとサーガのことばに、女がぼそりとつぶやいた。

「そうそう。そのイヌをフェンってよんでいたよ。なんだ、知り合いかい？」

「いえ……。とにかく剣《けん》は受《う》けとってください。それでは、わたしは急《いそ》ぎますので」

女はノーラに剣《けん》をおしつけると、くるりと背《せ》を向《む》け、足ばやに立ち去《さ》った。

女はあのオオカミを知っている。しかし、そのことをかくした。あのとき大男がいった「仲《なか》の悪《わる》い知り合い」ってもしかしたら……サーガはそう思いかけたが、すぐに打《う》ち消《け》した。兵士《へいし》の名誉《めいよ》をたしかめるためなら、自分の剣《けん》もおしまない人なのだ。オオカミを結界《けっかい》に閉《と》じこめるようなことをするとは思えない。

一方、ノーラは、剣《けん》を胸《むね》にかかえて、ぼうぜんと立ちつくす。

「こんな名剣《めいけん》をおしげもなく……お金持《かねも》ちなのかね？　りんとしていて、兵士《へいし》のかがみのような人だけど」

「でもほんとうは、すごくやさしい人だと思うよ」

「ふうん。どうしてそう思うんだい？」

サーガのことばに、ノーラが不思《ふし》議《ぎ》そうな表情《ひょうじょう》をうかべて首をかしげる。

自分の剣《けん》を手ばなしてまで、ジャックがどろぼうだったのかたしかめたのは、
ジャックさんの愛《あい》を守《まも》るためなんじゃないかな……？
愛《あい》だなんて、なまいきいうねぇ。

それからしばらくして、ノーラが客《きゃく》から聞いた話によれば……。

とある村の、戦死《せんし》した兵士《へいし》の家族《かぞく》のもとに、たちの悪《わる》い兵士《へいし》が「剣《けん》を返《かえ》せ」とおしかけたが、甲《かっ》ちゅうを身《み》にまとった美女《びじょ》と亡霊《ぼうれい》があらわれたため、その兵士《へいし》はにげ帰ったという……。

A 剣《けん》はジャックのもの。さやとつかのアネモネが証拠《しょうこ》。

「花がおくさんの名にかかっているなんてぬすみをする人は気づかないよ」

きょうの売り上げ

◎店の収入《しゅうにゅう》：剣《けん》を仕入《しい》れた

◎サーガの収入《しゅうにゅう》：銀貨《ぎんか》5まい

きょうのことば

「やっぱり大切なものには、名前を書いておかないとね……（サーガ）」

第8話

いたずらの妖精《ようせい》、最後《さいご》の挑戦《ちょうせん》！

サーガたちにやりこめられた、いたずらの妖精《ようせい》たちが、またまた店にやってきた。しょうこりもなく、今度《こんど》もてんびんと金属《きんぞく》の球《たま》を使《つか》った謎解《なぞと》きらしいが……。


「またまたきたよーっ！」

「三度目《さんどめ》の正直《しょうじき》だぁ！」

バーン！　と、あらあらしくとびらを開《あ》けて入ってきたのは、いたずらの妖精《ようせい》のふたり組、パッフィンとピリカだ。

「あんたたち、もうちょっとしずかに入ってこられない？」

「ぼくたちはじっとしていると生きていけないからね！」

「だからにぎやかなのは大目に見てね！」

「そんな妖精《ようせい》なんてはじめて聞いたよ。ほんとうなのかい？」

ノーラが、カウンターをそうじしていた家事《かじ》の妖精《ようせい》フラウを見やる。

彼女《かのじょ》はフルフルと首を横《よこ》にふって「そんなはずはない」と身《み》ぶりでうったえた。

「ただいま……わっ、いたずらの妖精《ようせい》!?」

「パッフィンとピリカ、またきたの？」

野菜《やさい》やくだものの入ったバスケットをかかえたサーガとエッダが、あきれたように声を上げる。

「サーガちゃん、エッダちゃん、おつかいかい？　感心《かんしん》だね！」

いたずらの妖精《ようせい》が苦手《にがて》なエッダは、さりげなくおくへ引っこもうとするが、サーガが服《ふく》の端《はし》をしっかりにぎって引きとめる。

パッフィンは、三人の顔を見回して、重大《じゅうだい》な発表《はっぴょう》をするように口を開《ひら》く。

「さあ、役者《やくしゃ》がそろったところで、三度目《さんどめ》の知恵《ちえ》くらべだ！」

サーガたちに口をはさませず、パッフィンとピリカはそれぞれ三角帽《さんかくぼう》の中からアイテムをとりだす。

またまた7つの金属《きんぞく》の球《たま》と、てんびんだ。

「この7つの球《たま》のうち、ひとつだけ重さのちがう球《たま》があります。さてどれでしょう？」

それって、前回やったんじゃ？
このてんびんを3回まで使《つか》っていいから、重《おも》さのちがう球《たま》を見つけてね。

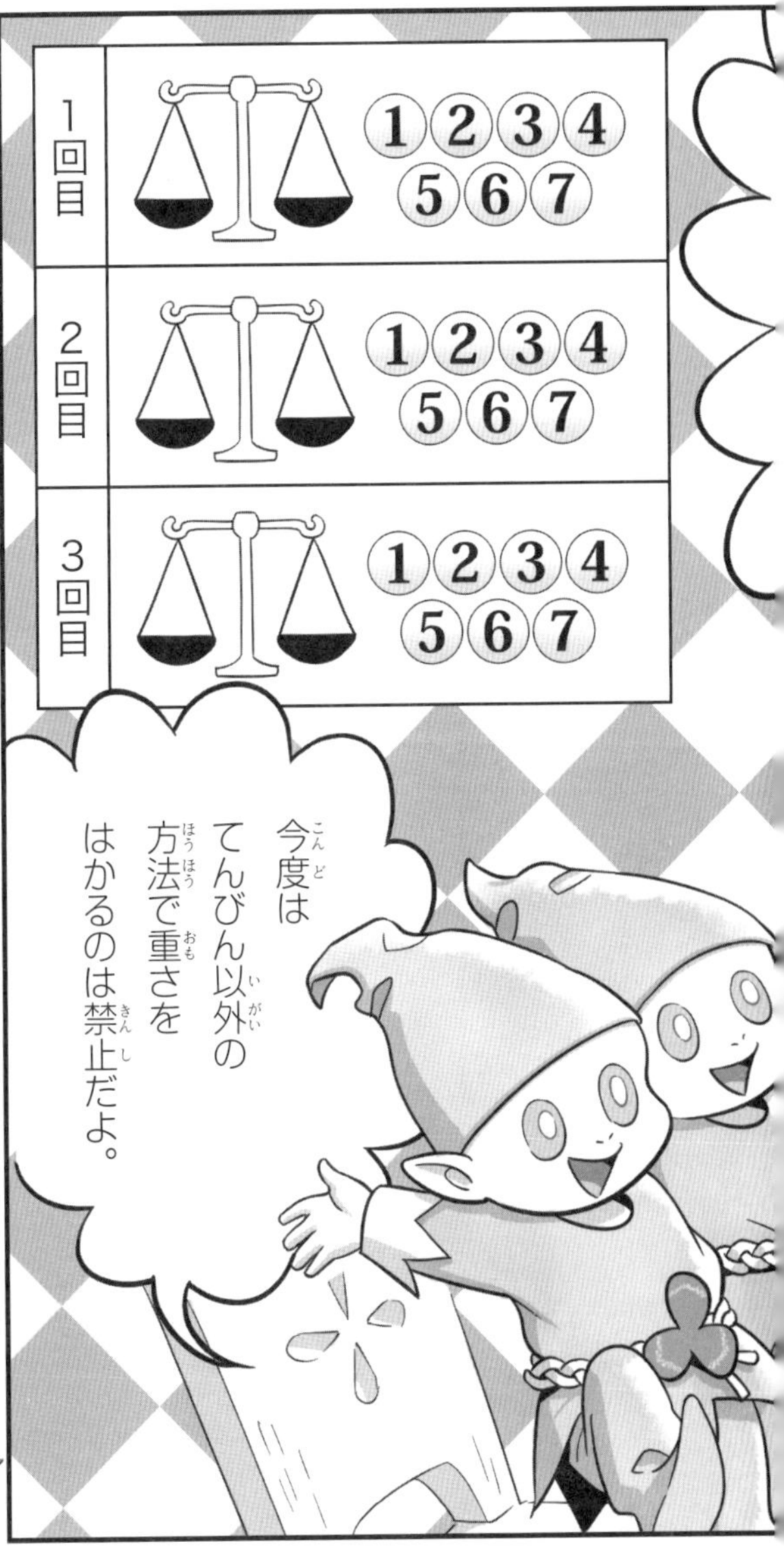

Q

7つの球《たま》のうち、ひとつだけ重《おも》さのちがう球《たま》を見つけだせ！

←つぎのページから「解決編《かいけつへん》」だよ。めくる前にこたえを考えよう！

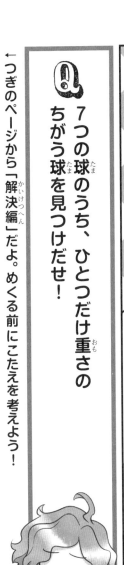

解決編《かいけつへん》

「正攻法《せいこうほう》ならわたしの出番ね」

エッダはてんびんの前に立ち、金属《きんぞく》の球《たま》を手にとった。

「まず金属《きんぞく》の球《たま》を2個《こ》ずつ、てんびんのお皿《さら》にのせてはかる」

左右の皿《さら》に2個《こ》ずつ球《たま》ののったてんびんは、右へかたむく。

「エッダ、これじゃどっちに重《おも》さのちがう球《たま》があるのかわからないよ！」

「いいのよ。いま大切なのは、はかっていない3つの球《たま》の中に正解《せいかい》はないってこと。つぎは右でも左でもいいけど、同じお皿《さら》にのったふたつの球《たま》をはかる」

エッダは右の皿《さら》にのっていたふたつの球《たま》をわけ、ひとつずつてんびんの皿《さら》にのせる。てんびんは水平《すいへい》のまま動《うご》かない。

この中にはない。
5 6 7
このふたつの球《たま》の重《おも》さはいっしょ。最初《さいしょ》に左のお皿《さら》にのっていた球《たま》のどちらかが正解《せいかい》よ。

2

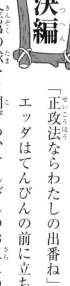

1回目
2回目
3回目
でも、重《おも》いほうと軽《かる》いほうのどっちが正解《せいかい》か、わからないじゃん。

「重《おも》いか軽《かる》いかが問題《もんだい》じゃないでしょ」

右の皿《さら》にのせた球《たま》をおろし、最初《さいしょ》に左の皿《さら》にのせていた球《たま》のうちのひとつをのせる。てんびんは水平《すいへい》のままだ。

「この球《たま》は同じ重《おも》さ。最後《さいご》にのこったひとつが正解《せいかい》ね」

エッダは最初《さいしょ》に左の皿《さら》にのっていた球《たま》のうち、はかっていないほうを手にとり、パッフィンたちにさしだした。

「あ～あ。エッダちゃん、あっさりと当てすぎるよ！」

「最後《さいご》までかなわなかったかあ。完全《かんぜん》に負《ま》けたね」

パッフィンは力がぬけたようにわらうと、さしだされた金属《きんぞく》の球《たま》を受《う》けとる。

「楽しかったよ、サーガちゃん、エッダちゃん、ノーラおばさん」

ピリカも笑《え》みをうかべる。これまでとちがい、どこかさみしそうな微笑《ほほえ》みだ。

「どうしたんだい、あんたたち？」

「楽しかったって……？」

いたずらの妖精《ようせい》のふんいきがかわったことに、とまどうサーガたち。

同じ相手《あいて》に3回負《ま》けちゃったから、ぼくたちがここにくるのはこれでおしまいさ。
いままでありがとう。お礼《れい》にぼくらの作った球《たま》をぜーんぶあげるよ。

球《たま》やてんびんをしまうことなく、帽子《ぼうし》をかぶりなおすピリカたち。

「みんな、これからも元気でね！」

「バイバーイ！」

いたずらの妖精《ようせい》たちはふり返《かえ》ると、わき目もふらずに店からとびだし、そのまま走り去《さ》ってしまった。

気がつくと店にはセムラをあげたときに使《つか》ったバスケットが転《ころ》がっていた。中には『おいしかった！　ありがとう！』と書かれた紙が入っていた。

「いっちゃった……」

「うるさくて迷惑《めいわく》だったけど、もうこないとなるとさみしく感《かん》じるわね……」

といって、バスケットを見つめるエッダ。

「妖精《ようせい》の金属《きんぞく》で作られた球《たま》が7つにてんびん。三度《さんど》、あの子たちのいたずらにつきあった見返《みかえ》りにしては、もらいすぎだね。うちは正しい商売《しょうばい》の店なんだから……そうだ！」

「フラウ、ちょっと聞きたいんだけどさ」

ノーラは店内の売《う》り物《もの》をせっせとみがくフラウへと視線《しせん》を向《む》ける。

＊　＊　＊

「それじゃあ、いってきます♪」

「ああ、たのんだよ。気をつけていっておいで」

あれからノーラは、セムラやお菓子《かし》を作るたびに、おすそわけをいたずらの妖精《ようせい》のもとに運《はこ》んでくれるよう、フラウにたのんでいるという。

A

「最初《さいしょ》にてんびんの皿《さら》に2個《こ》ずつ球《たま》をのせてもかたむかなかったら、はかっていない3個《こ》の球《たま》の中に正解《せいかい》があるわ。まず3個《こ》の球《たま》のうち、ふたつの重《おも》さをてんびんではかるの。同じ重《おも》さだったら、はからなかった球《たま》が正解《せいかい》。ちがっていたら、左右のお皿《さら》のどちらでもいいので、はからなかった球《たま》と交換《こうかん》してはかる。同じ重《おも》さだったらお皿《さら》からおろした球《たま》が正《せい》解《かい》で、ちがう重《おも》さだったらお皿《さら》にのこした球《たま》が正解《せいかい》になるのよ」（エッダ）

きょうの売り上げ

◎店の収入《しゅうにゅう》：妖精《ようせい》の金属《きんぞく》の球《たま》を7個《こ》と、てんびんを仕《し》入《い》れた

◎サーガの収入《しゅうにゅう》：特《とく》になし

きょうのことば

「もうけすぎにはサービスで返《かえ》すのが正しい商売人《しょうばいにん》さ……（ノーラ）」

第9話

真夜中《まよなか》の首引き上げ大作戦《だいさくせん》！

ある夜、店のとびらをたたいたのは、せまる死《し》を教えにやってくる妖精《ようせい》デュラハンだった。サーガの家族《かぞく》からだれかの命《いのち》がつきるのを知らせにきたのかと思いきや……。

ドンドンドン！

夕食も終《お》わったころ、閉《し》めた店からとびらをたたく音がする。

「はいはい！　ちょっと待《ま》っておくれ！」

ノーラが大きな声でこたえ、とびらを開《あ》けにいく。

店は日がくれたら閉《し》めるのだけれど、日用品《にちようひん》や金物《かなもの》はいきなりこわれたり、急《きゅう》に必要《ひつよう》になったりするもの。だから閉店《へいてん》してからも客《きゃく》がくれば、できるかぎり相手《あいて》をすることにしている。

「ぎゃあああっ！」

とつぜんのノーラの悲鳴《ひめい》。かけつけたサーガとエッダの目にしたのは、腰《こし》をぬかしてしりもちをついているノーラと、首から上のないよろいすがたの騎士《きし》、デュラハンだ。

デュラハンは近いうちに死《し》がおとずれることを教えにくる妖精《ようせい》。しかし、人間に害《がい》をあたえないはずだけれど……。

「あの、だれかの死《し》をつたえにきたんじゃないみたいですよ」

家事《かじ》の妖精《ようせい》フラウが、デュラハンのようすを見ながらいった。

「ふつう、デュラハンは手で自分の首を持《も》っているのですが、いまは持《も》っていません。それで話したくても、話すことができないように見えるのですが……」

ガシャン！

デュラハンは小手《こて》をまとった両手《りょうて》をたたく。そして右手の指《ゆび》を、なにかをつまむような形にして水平《すいへい》に動《うご》かした。

「なにか書くものを……って、いっているのかしら？」

エッダがおそるおそるインクと羽根《はね》ペン、そして紙を手わたすと、デュラハンは文字を書き始《はじ》める。

「頭がなくても、文字が書けるんだね……」

サーガがそうつぶやくと、デュラハンはてれたように頭をかくしぐさを見せるが、指《ゆび》はむなしく空《くう》をかいた。

デュラハンの書いた文字によれば『いつも手に持《も》っている首を、あれ地の裂《さ》け目《め》に落《お》としてしまった。深《ふか》くて手のとどかない場所《ばしょ》に引っかかっている。朝日がのぼるまでに首をとり上げてほしい』とのこと。

「デュラハンが人間にたのみごとをするなんて、びっくりだよ」

「デュラハン、あんた力持《ちからも》ちなんだろ？　悪《わる》いけど縄《なわ》を持《も》っとくれ」

サーガとノーラ、エッダ、そしてフラウは、デュラハンの案内《あんない》で、首を落《お》としたというあれ地の裂《さ》け目《め》に向《む》かう。

フラウもいっしょなのは、小さくて空をとべる彼女《かのじょ》なら、せまい裂《さ》け目《め》の中にもようすを見にいけるからだ。

月の位置《いち》がかわるくらい、夜道を歩いただろうか。立ちどまったデュラハンの足もとには、黒い裂《さ》け目《め》が走っていた。

さけた幅《はば》は、おとながひとまたぎできるくらい。長さは左右にのびていて、終《お》わりが見えない。

デュラハンが裂《さ》け目《め》の中を指《ゆび》さす。

「ここに落《お》としたんだね」

サーガのことばに、デュラハンは右手の親指《おやゆび》と人《ひと》さし指《ゆび》で輪《わ》を作ってこたえた。

「フラウ、さっそくだけどようすを見てきてくれないか？」

「はい」

あわい光をはなつ羽根《はね》の残像《ざんぞう》をのこしながら、フラウが裂《さ》け目《め》の中をおりていく。彼女《かのじょ》は夜でも目が見えるので、明かりは持《も》っていない。しばらくして下から声がした。

「見つけました！」

もどってきたフラウの話によれば、人の手をのばしても、とうていとどかないくらいおりたところに、かぶとをかぶった首が引っかかっているという。

しかし、わずかな岩の出っぱりにささえられており、ちょっとでもふれるとバランスをくずし、もっと深《ふか》いところに落《お》ちてしまうらしい。

持《も》ってきた縄《なわ》の長さで、じゅうぶんとどくのだが……。

「さて、どうやって首を引き上げようかね？」

「フラウに持《も》ってきてもらうってのは？」

「ごめんなさい。わたし、あまり重《おも》いものを持《も》ってとべないんです。かぶとをかぶった首なんて、とても……」

「じゃあフラウのおなかを縄《なわ》でつないで、デュラハンの首をつかんでもらってから、ぼくらが引き上げるってのは？」

「わ、わたしのおなかが、ちぎれちゃいますよぉ！」

フラウはサーガからはなれて、ノーラの後ろにかくれた。

フラウに、縄《なわ》で首をしばってもらうのはどうかな？
首はすごく不安定《ふあんてい》なので、しばっている最中《さいちゅう》に落《お》ちてしまいます。
デュラハンの口で、縄《なわ》をかんだら？
口もとをおおってあるかぶとなので、無理《むり》ですね。

「これは思っていたより難題《なんだい》だね……。底《そこ》は深《ふか》いのかい？」

「ええ、ひょっとしたら死者《ししゃ》の国（ヘルヘイム）につづいているかもしれません」

首が底《そこ》まで落《お》ちたら、もうとり上げられそうもない。

サーガたちは腕《うで》を組んで考えこむ。デュラハンは不安《ふあん》そうに、
みんなを見回すそぶりを見せた。

Q デュラハンの首を引き上げるには、どうすればいい？

使《つか》えるアイテムはつぎのとおり

縄《なわ》

魚とり用の大きな布《ぬの》

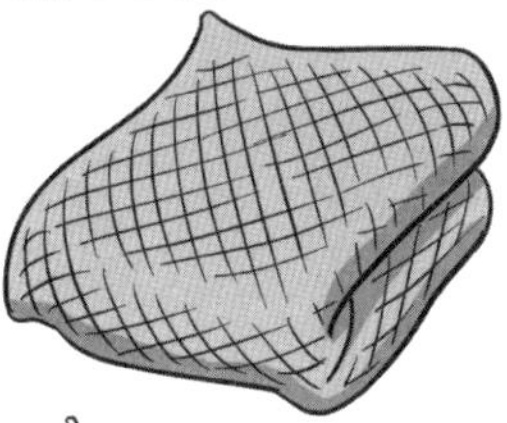

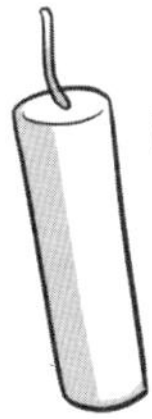

ロウソク

ランタン

ナイフ

フラウ

←つぎのページから「解決編《かいけつへん》」だよ。めくる前にこたえを考えよう！

解決編《かいけつへん》

「じゃあ、たのんだよ」

「はい」

　フラウは大きくうなずくと、ふたたび裂《さ》け目《め》の中へとんでおりていく。計画ではデュラハンの首の下で、縄《なわ》の先端《せんたん》と魚とり用の大きな布《ぬの》とをゆわくはずだが……。

「だいじょうぶかな……」

「あとはフラウにまかせな。デュラハン、ロープが地にふれないよう、しっかりと調整《ちょうせい》するんだよ」

デュラハンは左右それぞれの手で2本のロープを持《も》ち上げ、軽《かる》くこぶしをにぎる。そして両腕《りょううで》を裂《さ》け目《め》の真《ま》ん中《なか》につきだすと、ロープが地にふれないように位置《いち》を合わせる。

「ゆわきました！　ゆっくりとロープを引いてください！」

裂《さ》け目《め》の中から、フラウの声がひびいた。

「いいかい、どちらかが急《いそ》ぎすぎても、おくれすぎてもいけないからね。ゆっくりと、いっしょに後ろへ引くよ」

ジリジリと、はやさと距離《きょり》を合わせながらゆっくりと下がるサーガたち。デュラハンのすがたが夜のやみにまぎれ、見えなくなるほど下がったころ……。

ガクン！

サーガたち引っぱるロープが、急《きゅう》に動《うご》かなくなる。デュラハンがこぶしをにぎってとめたのだ。

「サーガさん！　ノーラさん！　引き上げ成功《せいこう》です！」

フラウの声に、サーガたちはロープを手ばなしてかけよる。

そこではデュラハンが首を大切そうにかかえていた。


「はー、やれやれ。なんとか無事《ぶじ》に首をすくいだせたね」

「ありがとう、人間たち。ありがとう、家事《かじ》の妖精《ようせい》」

デュラハンは右手で首をかかえ、左手でかぶとの面《めん》を開《ひら》く。

するとそこにはうつくしい女の顔があった。

「えっ？　デュラハンって女の人だったの？」

「そうです。ただ、わたしたちに男女の意味《いみ》はありませんが」

サーガの質問《しつもん》に、デュラハンが笑《え》みをうかべながらこたえる。

ふだんならきれいな女の人にわらいかけられたら、てれるサーガも、彼女《かのじょ》の顔が腕《うで》の中なので苦笑《にがわら》いをうかべることしかできない。

「夜が明ける前にとり上げることができてよかった」

「みなさんのおかげで九死《きゅうし》に一生《いっしょう》をえることができました。それでお代《だい》ですが、あいにく、お金や貴重《きちょう》な品《しな》のたぐいは持《も》ち合わせていないのです。そのかわり、あなたたちのだれかが死《し》に出合ったとき、その命《いのち》を助《たす》けます」

ノーラが一瞬《いっしゅん》だけ、サーガを見る。

「ねがってもない話だけど、いいのかい？　そんな約束《やくそく》をして」

「こちらも命《いのち》をすくわれたのですから、お礼《れい》はしないと」

デュラハンは少しこまったような笑《え》みをうかべる。

どうやら命《いのち》を助《たす》けるというのは、ほんとうはしてはいけないのだ。ならばあまり追及《ついきゅう》しないほうがいいだろう。

「わかった、そのときがきたらよろしくたのむよ」

デュラハンは左手をサーガの頭にのせると、やさしくなでる。

彼女《かのじょ》のひとみはどこかさみしげで、サーガをゾッとさせる。

「はい。それでは、わたしはすべき仕事《しごと》があるのでこの場で失礼《しつれい》します。どなたかに死《し》が近づいたとき、うかがいます」

「デュラハンが仕事《しごと》って……。これからだれかに、死《し》をつげにいくのかな？」

「そうだろうね。さて、あたしたちも帰るよ。寝不足《ねぶそく》になっちゃう」

「もうじゅうぶん、寝不足《ねぶそく》になる時間だよ」

とりあえず、きょうの取《と》り分《ぶん》はいくらになるのか、心配《しんぱい》するサーガだった。

A 左図のとおり

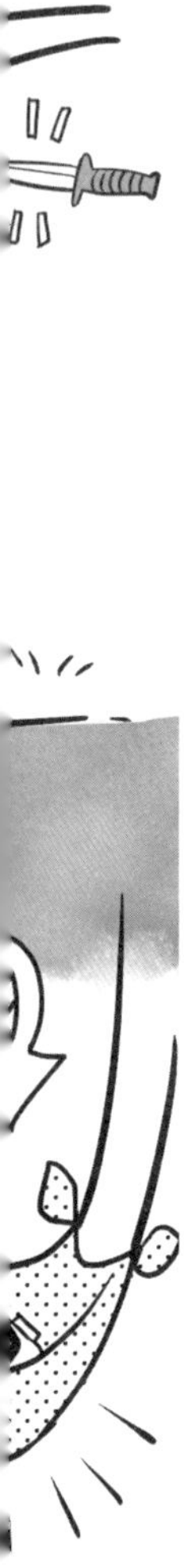

きょうの売り上げ

◎店の収入《しゅうにゅう》：デュラハンとの約束《やくそく》をとりつけた

◎サーガの収入《しゅうにゅう》：銀貨《ぎんか》1まい

きょうのことば

「意外《いがい》なお客《きゃく》は、意外《いがい》な代金《だいきん》をしはらってくれる……かも？（サーガ）」

①縄《なわ》を半分に切り、片方《かたほう》の縄《なわ》の端《はし》に布《ぬの》をむすぶ。

②裂《さ》け目《め》の両側《りょうがわ》からそれぞれの縄《なわ》をたらす。

③首の下でフラウが縄《なわ》と布《ぬの》をむすぶ。

④縄《なわ》を両側《りょうがわ》から引っぱると、首が布《ぬの》の中に落《お》ちる。そのまま引き上げる。

第10話

巨人族《きょじんぞく》の指輪《ゆびわ》はあやしく光る

愛犬《あいけん》を助《たす》けたお礼《れい》にと、大男がおいていった指輪《ゆびわ》。そのかがやきを見るたびに、ノーラの気は重《おも》くなる。指輪《ゆびわ》のために、なにか起《お》こりそうな気がするからだ……。


「あの大男さん、指輪《ゆびわ》を引きとりにこないねぇ」

指輪《ゆびわ》を布《ぬの》でみがきながら、ノーラがぼやく。

「それならそれでいいんじゃない。その指輪《ゆびわ》、高そうだし」

サーガは商品《しょうひん》だなのそうじをしながら、気軽《きがる》にこたえる。

「高いね。あたしの見立てじゃ、国をひとつ……はいいすぎでも、地方の都市《とし》くらいなら買える価値《かち》があるとふんでいる」

「この小さな指輪《ゆびわ》ひとつで⁉　しんじられないよ」

思いがけないことばに、サーガの手がピタリと止まる。

「見立てちがいかもしれないけどさ。そんな価値《かち》のある指輪《ゆびわ》だと思うと、持《も》っているだけで気が重《おも》くなるのもわかるだろ？」

「ぼくとしては、よその国の話が聞けないのが残念《ざんねん》かなぁ」

サーガは、あのとき大男にかけられたことばを思いだしていた。

「もし機会《きかい》があったら、おれの国にくるといい」

大男の国は、サーガの夢《ゆめ》であるトレジャーハンターになるための手がかりになる気がしていたのだ――。

「あんたはお気楽でいいねぇ……」

ノーラはかくしだなの中に指輪《ゆびわ》をしまい、話は終《お》わった。

そしてその夜……。

「へへっ、かっこいいなぁ！」

サーガはこっそりと指輪《ゆびわ》を持《も》ちだし、部屋《へや》で見つめていた。

窓辺《まどべ》へ移動《いどう》し、月の明かりをあてる。

すると指輪《ゆびわ》はぼんやりと七色の光をはなちだす。

魔力《まりょく》をおびたものの特徴《とくちょう》だ。

「たしかに高そうだけど、都市《とし》ひとつぶんの価値《かち》ってのはいいすぎだよね」

指輪《ゆびわ》を指《ゆび》にはめてみるが、親指《おやゆび》ですらぶかぶかだ。

あの大男の指《ゆび》にはまっていたのだから、あたりまえではある。

な、なに!?
やっと、指輪《ゆびわ》をつけてくれたね、サーガくん。
わたしの神殿《しんでん》に、招待《しょうたい》しよう……。

「ここ……どこ？」

見上げれば青い空。遠くには雪におおわれた山々《やまやま》が見える。いつものけしきとよくにているが、近くに家はなく、木々《きぎ》も見つからない。

広い荒野《こうや》に、ただひとり。サーガはポツンと立っていた。

「ぼく、なんでこんなところにいるんだろう？」

あたりを見回すと、それほど遠くないところに人影《ひとかげ》が見える。サーガは話を聞こうと、人影《ひとかげ》に向《む》かって歩き始《はじ》めた。

「あの人影《ひとかげ》って、ひょっとして？」

距離《きょり》が近づくにつれ、人影《ひとかげ》は三つあり、思いのほか小がらとわかる。そして頭には赤、オレンジ、黄色の三角帽《さんかくぼう》……。そのうちふたりは前に店におとずれた、いたずらの妖精《ようせい》にそっくりだ。

近よるサーガに、いたずらの妖精《ようせい》たちも気がつく。

「あれーっ？　サーガちゃん⁉」

「ほんとだ！」

「じゃあやっぱり、パッフィンとピリカなの⁉」

おどろいた表情《ひょうじょう》をうかべるパッフィンとピリカ、そしてサーガ。

「どうしてこの世界《せかい》に？　人間はこられないはずだよ⁉」

気がついたら荒野《こうや》の中に立っていて……。
ここは、魔力《まりょく》や霊力《れいりょく》の強い者《もの》しか入ることができない世界《せかい》なんだ。
じゃあ、どうすれば帰れるの？
人間には無理《むり》だよ……。

顔を見合わせ、気まずそうにこたえるパッフィンとピリカ。
「この世界《せかい》と人間界《にんげんかい》のあいだには目に見えない壁《かべ》があって、歩いて行《い》き来《き》すること
はできないんだ」
「魔力《まりょく》や霊力《れいりょく》を使《つか》って壁《かべ》をとびこえることで、世界《せかい》を移動《いどう》できるんだけど、サーガ
ちゃんにはそんな力はないし……」
帰れないと聞かされ、サーガは目の前が真《ま》っ暗《くら》になる。
これまでだまっていた3人目のいたずらの妖精《ようせい》が、ほがらかな声を上げた。
「ひとつだけ方法《ほうほう》があるよ！」
「ほんと!?」
「ぼくの名前はプリモジュ！　ぼくの出す問題《もんだい》にこたえられれば、ひとつだけねが
いをかなえることができるよ。そのかわりまちがったら、ずっとぼくたちと遊《あそ》んで
もらうからね」

「えっ……それってまちがったら、帰れないってこと？」

プリモジュが大きくうなずく。

「挑戦《ちょうせん》するかしないかは自由《じゆう》だけど、挑戦《ちょうせん》しないと帰れない」

「そんな……」

ピリカとパッフィンはこまったようにいう。

「ぼくらの問題《もんだい》は、もうサーガちゃんに出しつくしちゃったから、こたえてもねがいはかなわない。悪《わる》いけど、力にはなれないよ」

どうやらプリモジュの出す問題《もんだい》にこたえるしか、もとの世界《せかい》にもどる方法《ほうほう》はないようだ。

「わかった、問題《もんだい》に挑戦《ちょうせん》するよ」

「そうこなくっちゃ。じゃあ問題《もんだい》だ。パッフィン！　ピリカ！」

「うん。チッチチチ♪」

「オーケー！　ピーピピピ♪」

パッフィンとピリカの声にさそわれ、頭上に小鳥が集《あつ》まり始《はじ》めた。

「頭の上に青い小鳥が３羽《わ》と、白い小鳥が２羽《わ》、とんでいるよね」

「うん」

「よし。パッフィン、ピリカ。ぼくの後ろにならんで」

プリモジュの後ろにパッフィン、ピリカの順《じゅん》でならぶ。

「これからぼくたちは前しか見ないよ。おいで、小鳥たち！」

「ピピッ♪」

プリモジュの三角帽《さんかくぼう》には青い小鳥が。パッフィンとピリカの三角帽《さんかくぼう》には白い小鳥が、それぞれとまった。

パッフィン！　ピリカ！
自分の頭にとまっている
小鳥の色は？
ピリカ
パッフィン
プリモジュ

Q　3人のいたずらの妖精《ようせい》のうち、うそをついているのはだれ？

← つぎのページから「解決編《かいけつへん》」だよ。めくる前にこたえを考えよう！

解決編《かいけつへん》

「そうあせらないで、サーガちゃん。落《お》ち着《つ》いて考えてみよう!」

「そうだね……」

ピリカに声をかけられ、サーガに冷静《れいせい》さがもどる。

「列《れつ》の一番後ろにいるピリカだけど、プリモジュとパッフィンにとまっている小鳥がどちらも白なら、自分にとまっているのが青ってわかる。けど、ふたりにとまっているのは青と白の小鳥だから、ピリカはうそをついていない」

「ふんふん」

プリモジュが腕組《うでぐ》みしながらうなずく。

「つぎにパッフィン。もしプリモジュにとまっている小鳥が白で、ピリカが自分にとまっている小鳥が『青だ』といったら、自分にとまっている小鳥は白だってわかる。同じようにプリモジュにとまっている小鳥が白で、ピリカが『わからない』ってこたえたら、二羽《わ》とも白でないということだから、自分にとまっている小鳥は青ってわかる。けど、ほんとうはプリモジュにとまっている小鳥は青だし、ピリカのこたえは『わからない』だったから、自分にとまっている小鳥の色はわからない。だからうそはついていない」

「じゃあ、うそつきはぼく？」

プリモジュが楽しげな笑《え》みをうかべて自分を指《ゆび》さす。

プリモジュに白い小鳥がとまっていれば、パッフィンは自分の小鳥の色がわかる。
パッフィンが『わからない』っていえば、プリモジュの小鳥の色は青。
キミはパッフィンのこたえで自分の小鳥の色がわかるのに、『わからない』ってこたえた。
プリモジュ、キミがうそをついているんだ！
青
わからない
わからない

ゴクリ……。

サーガののどが緊張《きんちょう》でカラカラにかわく。

はたして推理《すいり》はあっているのだろうか？

「正解《せいかい》だよ。うわーっ、くやしいなぁーっ！」

「やったね、サーガちゃん！」

「すごいよ、かんぺきなこたえだよ。あっ、だいじょうぶかい⁉」

緊張《きんちょう》の糸が解《と》け、その場にしりもちをつくサーガ。

パッフィンとピリカの手をかりて、サーガはゆっくりと立ち上がった。

「キミって思っていたよりかしこいんだね」

「エッダから、同じような問題《もんだい》を出されたことがあったんだ。運《うん》がよかったよ」

「ふーん。まあいいや、楽しかったし。じゃあ約束《やくそく》どおり、人間の世界《せかい》に送《おく》ってあげる。あまりゆっくりしていると、キミのおかあさんたちが心配《しんぱい》するからね」

「そうだね、おねがいするよ」

「ポレジュジュ、チャレジュジュ♪」

プリモジュは三角帽《さんかくぼう》をぬぐと、クルクル回しながらはなうたを歌い始《はじ》めた。

「サーガをおかあさんのところに、つれていけ♪」

とび上がったプリモジュが、サーガに三角帽《さんかくぼう》をかぶせる。

「じゃあねー……あれ？」

3人のいたずらの妖精《ようせい》が、不思議《ふしぎ》そうな表情《ひょうじょう》をうかべる。

「ど、どうしたのさ？」

「えーと、この術《じゅつ》は帽子《ぼうし》をかぶせたら、すぐに効果《こうか》が出るはずなんだけど……」

サーガはあたりを見回すが、けしきがかわったようには見えない。

「失敗《しっぱい》したの？」

「ちがうよ……いままで失敗《しっぱい》したことはないんだから！」

「サーガちゃん、その指輪《ゆびわ》は⁉」

左手を見るサーガ。親指《おやゆび》にはめた指輪《ゆびわ》がかがやいている。

指輪《ゆびわ》はまばゆくかがやき、サーガたちの目をくらませる。
目をつむったいたずらの妖精《ようせい》たちがふたたびまぶたを開《ひら》くと、そこにサーガのすがたはなかった。
「サーガちゃんが……消《き》えちゃった⁉」

A うそをついていたのはプリモジュ。

「見えないものが、人の証言《しょうげん》で見えることもあるよ（代理《だいり》のピリカ）」

きょうの売り上げ

◎サーガの収入《しゅうにゅう》：特《とく》になし

きょうのことば

「術《じゅつ》をかけられるときは、魔力《まりょく》をおびたアイテムを身《み》につけないこと……！（プリモジュ）」

知恵《ちえ》ある者《もの》は証明《しょうめい》せよ！

いたずらの妖精《ようせい》たちの前からすがたを消《け》したサーガ。気がつくと雪山の頂上《ちょうじょう》にいた。そこで、店に剣《けん》をおいていった女剣士《けんし》とふたたび出会うことに……。

目をつむってもまぶしいかがやきがサーガをつつむ。指輪《ゆびわ》を親指《おやゆび》からぬこうとするけれど、まったくぬけない。そのうちかがやきはおさまり、真《ま》っ暗《くら》になった。

おそるおそる目を開《ひら》くと、そこは白い世界《せかい》……。

右を見ても左を見ても、雪にうもれたけしき。あとは、ただただ青空しかない。

ふりそそぐ日ざしのおかげで寒《さむ》さを感《かん》じないが、はく息《いき》は真《ま》っ白《しろ》だ。

「ここは……？」

とつぜんのできごとに、サーガがぼうぜんとしていると……。

「なんだ、おまえは？」

頭の上から声が聞こえ、太陽《たいよう》の光がかげる。

サーガが空を見上げると、甲《かっ》ちゅうの上に白いショールをまとった人影《ひとかげ》が、まいおりてきた。

「あっ、あのときの！」

「おまえ……いや、キミはサーガくんでしたね」

空からおりてきた人を、サーガはおぼえていた。少し前に、店へおとずれた女の人だ。

彼女《かのじょ》もサーガをおぼえていたらしく、表情《ひょうじょう》やことばがやわらかくなる。

どうやって
この世界《せかい》に？
人間には
立ち入れない
場所《ばしょ》ですよ。
ぼくにも
なにがなんだか、
わからなくて……。

「落《お》ち着《つ》いて……ゆっくりでいいので、説明《せつめい》をしてください」

気がついたらいたずらの妖精《ようせい》がいる世界《せかい》にきていたこと。プリモジュの術《じゅつ》で帰ろうとしたけれど、指輪《ゆびわ》がかがやいてこの場所《ばしょ》にきてしまったことなどを、サーガは話した。

「指輪《ゆびわ》？」

サーガは左手の親指《おやゆび》にはまった指輪《ゆびわ》を見せる。指輪《ゆびわ》を目にしたとたん、女は息《いき》をのんだ。サーガの左手を手にとり、じっくりと見つめる。その表情《ひょうじょう》はこわいくらいしんけんだ。

「この指輪《ゆびわ》をどうやって手に入れたのですか？」

「とても大きい男の人から、謎解《なぞと》きをした見返《みかえ》りに……」

「サーガくんが妖精界《ようせいかい》やこの世界《せかい》にまよいこんでしまった原因《げんいん》は、まちがいなくその指輪《ゆびわ》にあります。指輪《ゆびわ》の力が発動《はつどう》し、サーガくんのたましいをとらえているのです」

「たましい？」

「はい。人間界《にんげんかい》でいうところの『呪《のろ》われた』状態《じょうたい》ですね」

「えーっ！　の、呪《のろ》われちゃったの⁉」

「そう。でもサーガくんは運《うん》がいい」

「妖精《ようせい》たちの世界《せかい》にとばされたのに、運《うん》がいいって⁉」

カチンときたサーガに、女はサーガの運《うん》が悪《わる》ければ、海の底《そこ》や地の底《そこ》といった、人間が一瞬《いっしゅん》で命《いのち》を落《お》とす場所《ばしょ》にとばされていたことを説明《せつめい》する。

サーガの背《せ》すじにつめたいあせが流《なが》れる。

「そ、そういわれると……そうだよね。あの……」

「わたしのことはアルとよんでください」

「じゃあアルさん。ぼくはどうすれば帰れるの？」

「その指輪《ゆびわ》のほんとうの持《も》ち主《ぬし》に、呪《のろ》いを解《と》いてもらえばいいのです」

サーガは大男を思いうかべる。

「そうか、あの大きな男の人のことだよね。でも、どこにいるんだろう……」

「その男のいる場所《ばしょ》に案内《あんない》はできるのですが……。事情《じじょう》があって、わたしは会うことができません」

「アルさんとその人って、仲《なか》が悪《わる》いの？」

「仲《なか》がいいとか悪《わる》いとか、そういうことではありません。もし戦場《せんじょう》で出会ったら、わたしたちは命《いのち》をかけて戦《たたか》わなくてはならない関係《かんけい》なのです……」

「そうなんだ……」

アルの表情《ひょうじょう》から、サーガはこれ以上《いじょう》、この話にふみこんじゃいけないと感《かん》じた。

「じゃあ、あの大きな人のところへ、案内《あんない》をおねがいします」

「わかりました」

アルはかがみこみ、そっとサーガをだきよせる。

「わたしの首に腕《うで》を回して、しっかりとつかまってください」

いわれたとおり、サーガはアルにだきつく。

「けっこうです。寒《さむ》いかもしれませんが、ぜったいにはなさないで」

アルはサーガのおしりに腕《うで》を回し、かかえ上げながら立ち上がる。そしてショールがはためいた瞬間《しゅんかん》、アルとサーガは宙《ちゅう》へとび立った。

アルはやさしそうな笑《え》みをうかべていう。

「ぼ、ぼくがこわがっているのを楽しんでない?」

「さあ、どうでしょう」

真《ま》っ白《しろ》な山々《やまやま》をとんでこえる。どうやらアルがめざしているのは、ひときわ大きな山の頂上《ちょうじょう》のようだ。

風はひどくつめたいが、不思議《ふしぎ》とサーガはこごえなかった。アルは空中で止まってから、フワリと地におり立つ。

「つきましたよ」

アルの胸《むね》からおろされたサーガが目にしたのは、大きな神殿《しんでん》だった。神殿《しんでん》のまわりには雪がなく、草木がゆたかに生《お》いしげっている。

「ここから先はサーガくん、キミがひとりでいかなければなりません。わたしはここで待《ま》っています」

「わかった。ありがとう、アルさん」
サーガは大きくうなずいてから、神殿《しんでん》に向《む》かって歩きだす。
大きなとびらは開《ひら》かれていたが、その真《ま》ん中《なか》にはいつか見た大きなオオカミの
フェンがいた。サーガが近づくと、フェンはうなり声をあげる。

とつぜん聞こえた声に、サーガはあたりを見回す。

(どこを見ている？　おれは、目の前だ)

ことばのとおり、サーガは視線《しせん》を前に向《む》けるが、そこにはフェンしかいない。

「ひょっとして、フェン？」

(フェン？　そうだった、主《あるじ》はおれのことをそう紹介《しょうかい》したのだったな。そのとおりだ。おまえの心に直接《ちょくせつ》、話しかけている)

「よかった。話ができるんだね。おねがいがあるんだ。ぼく、おじさんに会って話がしたいんだ。そこをとおしてくれないかな」

(おまえがくることは知っていた……だが、主《あるじ》は知恵《ちえ》なき者《もの》には会わぬ)

「でも、お店にきてくれたときは、『歓迎《かんげい》するよ』っていってくれたんだけど……」

(……だから主《あるじ》に会いたいのなら、知恵《ちえ》のあるところを証明《しょうめい》すればよいのだ)

フェンが首をふると、なにかが宙《ちゅう》にあらわれて地面《じめん》に落《お》ちた。

手にとってみると、それは兵士《へいし》のかっこうをした小さな人形だった。

白い人形が5つに、黒い人形が5つ。

人形はスクッと立ち上がると、ピョンピョンとはねながら白黒たがいちがいに、一列《れつ》にならぶ。

（となり合ったふたつの兵《へい》を移動《いどう》させ、半分をさかいに白い兵《へい》の列《れつ》と黒い兵《へい》の列《れつ》にわけよ。ただし手順《てじゅん》は5回までだ）

どうやら質問《しつもん》はゆるさないようで、それきり、フェンはだまってしまった。

Q　白黒交互《こうご》にならぶ10個《こ》の人形。半分をさかいに白が5個《こ》、黒が5個《こ》に、ならびかえよ。

←つぎのページから「解決編《かいけつへん》」だよ。めくる前にこたえを考えよう！

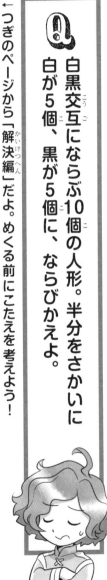

解決編《かいけつへん》

「えーと、どうすれば……」

うろたえるサーガを、フェンはうす目でチラチラと見やる。

（ねむいな……おれは昼寝《ひるね》する。手順《てじゅん》がわかったら起《お》こせ。ねているあいだは、おまえが何度挑戦《なんどちょうせん》しても、おれにはわからないからな）

フェンはくるりと体を丸め、長いあごを前あしの上にのせて、目をつむってしまう。

「あ、ありがとう」

（フン。つぎに話しかけたら、起《お》こしたとみなすからな！）

フェンの好意《こうい》を受《う》け、何度《なんど》も人形を動《うご》かしながらためすサーガ。そして真上《まうえ》にあった太陽《たいよう》が少しかたむいたころ……。

「わかった！」

（うん？　なんだ、まだあきらめていなかったのか？）

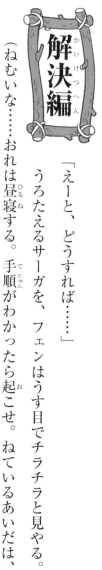

「あきらめないよ！　こうやればいいんだね」

手をのばし、サーガが人形を動《うご》かし始《はじ》める。

A 左図のとおり

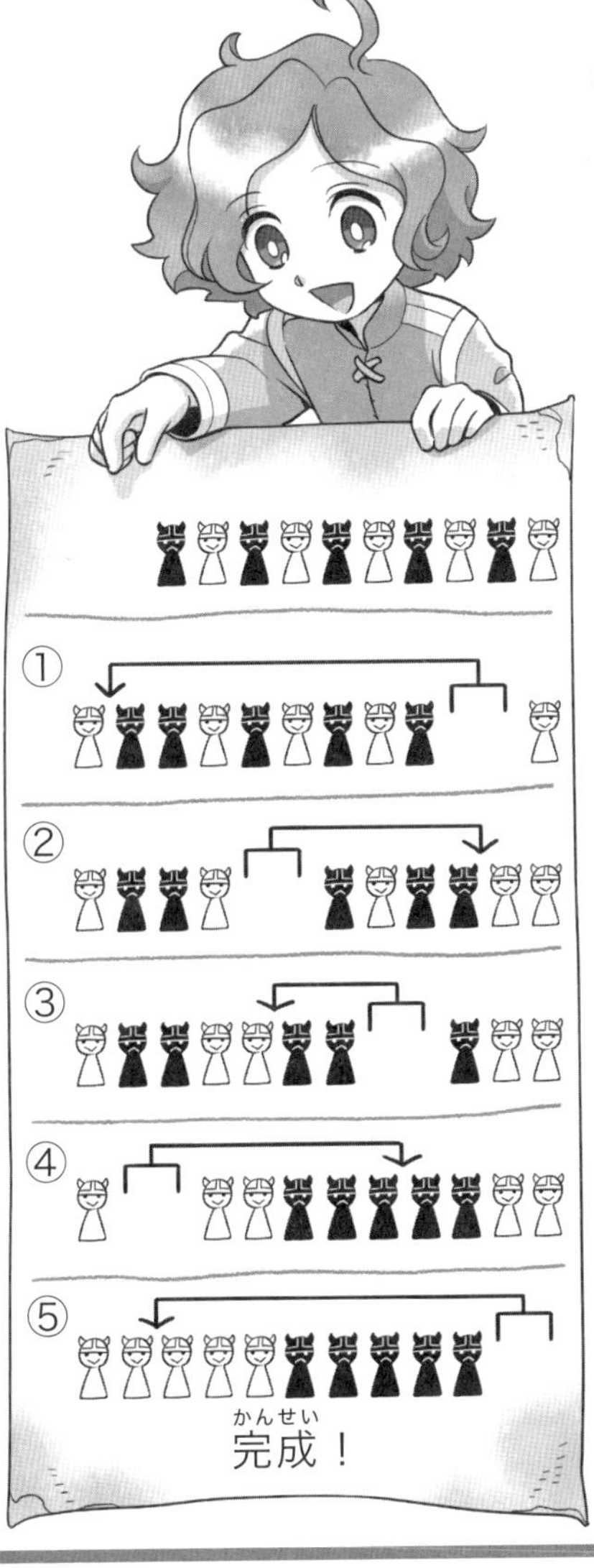

「どうかな？」

きっちり白黒わけてならべた兵士《へいし》の人形を前にして、サーガはおそるおそるフェンに問《と》いかける。

「ガウッ！（こんなかんたんな問題《もんだい》、さっさと解《と》きやがれ！）」

フェンのほえ声に、サーガはとび上がる！

（待《ま》たされはしたが、正解《せいかい》は正解《せいかい》だ。約束《やくそく》どおり、主《あるじ》のもとへつれていってやろう）

「よ、よかったぁ……」

サーガの口から、思わずため息《いき》がこぼれる。

（主《あるじ》は神殿《しんでん》のもっともおくにいる。人間の、しかも子どもの足じゃ時間がかかってしょうがない。おれの背中《せなか》にのれ）

そういうとフェンは、サーガに背《せ》を見せた。

いいからのれ。子どもに合わせて歩いてやるほど、おれの気は長くないっ！
はいっ！

ピョン！　と、フェンの背中《せなか》にとびのるサーガ。

（おれの首の後ろの毛を、しっかりつかむんだ）

フェンのことばにしたがい、サーガはぎゅっと手をにぎりしめる。

フェンはゆっくり立ち上がると、背《せ》をゆらさないよう注意《ちゅうい》しながら、神殿《しんでん》の中へと進《すす》んでいった。

きょうの売り上げ

◎サーガの収入《しゅうにゅう》：特《とく》になし

きょうのことば

「問題《もんだい》があったらねてしまえ。起《お》きたら解決《かいけつ》している……こともある（フェン）」

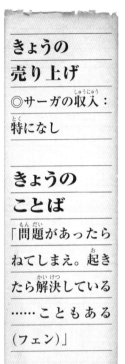

第12話

プライドをかけた戦《たたか》いに幕引《まくひ》きを

指輪《ゆびわ》の光にまきこまれてやってきた不思議《ふしぎ》な世界《せかい》。サーガは人間界《にんげんかい》に帰るため、大男のもとへたどりつく。そこで最《さい》後《ご》の謎解《なぞと》きに挑戦《ちょうせん》するのだ！

フェンの背《せ》にのったまま、神殿《しんでん》のおくへと進《すす》むサーガ。中は人の気配《けはい》がまるで感《かん》じられない。

「この神殿《しんでん》には、だれが住《す》んでいるの？」

（主《あるじ》とおれが住《す》んでいる）

フェンは前を向《む》いたままそっけなくこた

えると、大きなとびらの前でとまった。そしてゆっくりと腰《こし》を下ろし、サーガにおりるよううながした。

「このとびらの向《む》こう？」

（そうだ。とびらはおせば開《ひら》く）

サーガは両手《りょうて》でとびらにふれ、ぐっとおしこむ。力をいっぱいに入れると、ゆっくりと開《ひら》き始《はじ》めた。

人が通れるくらいのすきまが開《ひら》くと、サーガはとびらをおすのをやめて部屋《へや》をのぞきこむ。

部屋《へや》は広く、そしてとても明るい。

「よくきてくれたね」

部屋《へや》の一番おくで、大きな男が玉座《ぎょくざ》にすわっていた。店におとずれて指輪《ゆびわ》をおいていった、あの男だ。

「こ、こんにちは」

この神殿《しんでん》の前にきてもらうはずだったのだが、手ちがいがあったようだ。もうしわけない。
きてもらう？
そうだ。この世界《せかい》にキミをよんだのは、わたしなんだよ。

「ぼく、よばれたおぼえはないんだけど？」

「あの指輪《ゆびわ》をはめて、月にかざさなかったかな？」

「あっ！」

サーガは妖精《ようせい》たちの世界《せかい》に移動《いどう》する前のできごとを思いだす。たしかに指輪《ゆびわ》をはめて月にかざしたのだ。

「指輪《ゆびわ》がさそいの術《じゅつ》をはなっていたんだ。キミに、身《み》につけてもらうためにね」

「そうだったんだ。アルさんは指輪《ゆびわ》の呪《のろ》いだって……」

「アル？　ああ、あのワルキューレか。そう、呪《のろ》いだね。その指輪《ゆびわ》を身《み》につけているあいだは、いにしえの巨人族《きょじんぞく》と同じ力を持《も》つ。いまのサーガくんは年をとらないし、病気《びょうき》や寿命《じゅみょう》で死《し》ぬこともない。ケガだってすぐになおってしまう」

体の弱いサーガにとって、それはのどから手が出るほどほしかった力だ。指輪《ゆびわ》をはめていれば、すぐにでもトレジャーハンターになれるにちがいない。

「それって呪《のろ》いどころか、すごいことじゃないですか！」

「けれど食事《しょくじ》も睡眠《すいみん》もいらない。ごうかな料理《りょうり》にありついても、体がもとめないからおいしくない。つかれないから、まどろみを気持《きも》ちよく感《かん》じることもない。これは幸《しあわ》せかな？」

「えっ……」

サーガはこの世界《せかい》にきて、ずいぶん時間がたっているのに、おなかがすいていないことに気づく。これから、ずっと食事《しょくじ》の楽しみがなくなったら……そう思うと、さみしさで胸《むね》がしめつけられる。

「異性《いせい》を愛《あい》することもなくなる。そのさみしさは、まだサーガくんにはわからないかもしれないね。不老不死《ふろうふし》の日々《ひび》も永久《えいきゅう》につづけば味気《あじけ》なくなり、ときにひどくつらくなる。そういう意味《いみ》では呪《のろ》われたようなものだ」

男は深《ふか》いため息《いき》をつく。フェンもまた、さみしそうな声でひと声上げた。

「すまない、話がわき道にそれた。サーガくん、相談《そうだん》にのってもらいたい」

「そうだ。ぼくを家に帰してよ！　おじさんならできるんでしょ！」

「もちろんだ。相談《そうだん》にのってもらえたら、見返《みかえ》りとして指輪《ゆびわ》の力を解《と》き、サーガくんを家まで送《おく》ろう」

勝手《かって》によんでおいて、ひどいいいぐさだが……。サーガにことわることはできない。

青い顔をしてサーガはいった。

「家に帰してくれるのなら……」

「ありがとう。フェンリ……いや、フェン」

フェンはよびかけにうなずくと、サーガの後ろに移動《いどう》し、横《よこ》になった。

「そういえばフェンってほんとうはイヌじゃないよね？」

（人間は……あまりおれたちのことを知らないほうがいい。そのほうが幸《しあわ》せだ。いいからおれにもたれかかってすわれ）

ゆかには一面《いちめん》、毛足の長いじゅうたんがしかれているので、おしりがひえることはない。サーガは腰《こし》を下ろし、ゆっくりとフェンにもたれかかった。フカフカな体毛がサーガをつつみこむ。

「では、話を聞いてもらおう」

男は、とある人物《じんぶつ》と大切なものをかけて、ゲームで勝負《しょうぶ》をすることとなった。

「ゲーム？」

「兵士《へいし》やアーチャー、騎士《きし》といったコマを使《つか》って、相手陣営《あいてじんえい》の王をたおす遊《あそ》びだ。サーガくんたちの世界《せかい》のチェスとにているよ」

だが相手《あいて》の気まぐれにより、かけは『負《ま》けた側《がわ》の陣営《じんえい》が、かけの勝者《しょうしゃ》になる』というルールにかえられた。

男と相手《あいて》の腕前《うでまえ》はほぼ同じ。どちらも負《ま》けようとコマを動《うご》かすため、もう何日も決着《けっちゃく》がつかない状態《じょうたい》がつづいている。

ふたりとも勝負《しょうぶ》のばからしさに気づいているが、かけが成立《せいりつ》してしまっている以上《いじょう》、ゲームに勝《か》ってかけに負《ま》けるわけにはいかない。立会人《たちあいにん》のもと、始《はじ》めてしまった勝負《しょうぶ》なので中止にできず、ルールをかえるわけにもいかない。

この勝負《しょうぶ》、なんとかカタをつけられないだろうか？
たとえ決着《けっちゃく》がついても、たがいに不満《ふまん》がのこるだけだ。
勝《か》ったほうが負《ま》けて、負《ま》けたほうが勝《か》つ。だったら……。

Q ゲームに負《ま》けたほうが勝者《しょうしゃ》となるかけで、ルールをかえずに早く終《お》わらせる方法《ほうほう》は？

←つぎのページから「解決編《かいけつへん》」だよ。めくる前にこたえを考えよう！

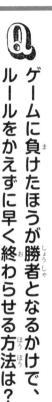

解決編《かいけつへん》

はたしてノーラやエッダなら、どう考えるだろう？　サーガは円卓上《えんたくじょう》に再現《さいげん》された戦場《せんじょう》とコマをながめながら、頭をひねる。

「そうだ！」

「なにか思いついたのかい？」

「うん。『負《ま》けた側《がわ》の陣営《じんえい》が、かけには勝《か》つ』んですよね？」

「そのとおりだ」

サーガは立ち上がり、円卓《えんたく》まで移動《いどう》する。

じゃあ、陣営《じんえい》を逆《ぎゃく》にしたらどうですか？たがいに相手《あいて》のコマを動《うご》かすんです。
そうすればゲームに勝《か》った人は、陣営《じんえい》としては負《ま》けることになる。

なんと、そんな
かんたんな方法《ほうほう》が……？
ははは っ、それなら
ふつうに勝負《しょうぶ》ができ、
結果《けっか》にもなっとくがいく。

「ルールそのものはかえていないのだから、立会人《たちあいにん》のかたたちもみとめてくれるんじゃないですか？」

そういうサーガの顔をフェンがなめ上げた。

（かんたんだからこそ、おれたちには思いうかばなかった。おまえの一番の武器《ぶき》は、その頭のやわらかさなんだな）

「これで助《たす》けてもらったのは二度目《にどめ》だ。ありがとう、サーガくん」

男はサーガの前で、片《かた》ひざを立てて腰《こし》を下ろす。

「約束《やくそく》どおり、指輪《ゆびわ》の力を解《と》こう。指輪《ゆびわ》を出してくれないか」

「うん……おねがいします」

サーガが左手をさしだす。男が人《ひと》さし指《ゆび》で指輪《ゆびわ》にふれると、にぶくはなたれていた虹色《にじいろ》のかがやきが消《き》え、ふつうの金属《きんぞく》らしい光《こう》たくしか見せない指輪《ゆびわ》となった。

「あ、ありがとう……ございます」

「これでその指輪《ゆびわ》は、ただの銀《ぎん》の指輪《ゆびわ》だ」

「でも、少しもったいなかった気も……」

「では、もとにもどすかい？」

「ううん、このままでいいよ。やっぱり自分の力で強くなりたいからね！」

サーガのことばに、男がうっすらと笑《え》みをうかべた。

「キミを災難《さいなん》にまきこんだこと、深《ふか》くわびよう。かけの結果《けっか》は、人間界《にんげんかい》にも影響《えいきょう》をおよぼす……かもしれない。ぜったいに負《ま》けられなかったのだよ」

サーガは思った。この大男は神《かみ》なのかもしれない。自分のしたことは、もしかしたら重大《じゅうだい》なことだったのかも……。

「ところでサーガくんの将来《しょうらい》の夢《ゆめ》はなにかな？」

「えっ？」

とつぜんの大男の質問《しつもん》に、サーガは目を丸くした。

この世界《せかい》でいろんなことがありすぎて、自分の夢《ゆめ》なんかわすれそうになっていた。しかし、大男の質問《しつもん》に、父のバルムンク、そしてアディンのすがたが目にうかんできた。

「おとうさんやアディンみたいな、トレジャーハンターになりたい。世界中《せかいじゅう》を旅《たび》して、いろんなめずらしいアイテムを手に入れるんだ」

「いさましいな。ではおわびをかねて、サーガくんが一人前のトレジャーハンターになったら、とびきりのおくりものをする約束《やくそく》をしよう。神々《かみがみ》の秘宝《ひほう》がねむる、迷《めい》宮《きゅう》の地図だ」

神々《かみがみ》の秘宝《ひほう》など、とてもしんじられない話だ。けれど……この大男は、ほんとうに迷宮《めいきゅう》の場所《ばしょ》を知っている気がする。

「ありがとうございます。何年かかるかわからないけれど……ぜったいに一人前のトレジャーハンターになってみせます！」

「とても危険《きけん》な迷宮《めいきゅう》だからね。かくごして挑《いど》むといい。さて、サーガくん、神殿《しんでん》の外でワルキューレが……アルが待《ま》っているのだろう？」

「あっ、うん」

「ならば、彼女《かのじょ》に送《おく》ってもらうといい。フェン、手間だがサーガくんを彼女《かのじょ》のもとまで送《おく》ってくれ。わたしが送《おく》るわけにはいかないからな」

（主《あるじ》とワルキューレが出会ったら、あらそわなくてはならないからな……しかたない）

サーガは男の手でフェンの背《せ》にのせられた。フェンはゆっくりとした足どりでとびらへと向《む》かう。
「さよなら、サーガくん。縁《えん》があったら、また会おう」
片手《かたて》を上げ、男がサーガを見送《みおく》る。
「うん、またね！」

A

相手《あいて》(敵《てき》)側《がわ》のコマを動《うご》かし、ふつうに勝負《しょうぶ》する。

「かけは『負《ま》けた側《がわ》の陣営《じんえい》が勝《か》ち』だから、盤《ばん》を正反対《せいはんたい》にすればいいよ」

きょうの売り上げ

◎サーガの収入《しゅうにゅう》：神々《かみがみ》の秘宝《ひほう》がねむる、迷宮《めいきゅう》の地図をもらう約束《やくそく》をした！

きょうのことば

「思いつきで決《き》まりをかえるべきではない。ろくなことにならん……(巨人族《きょじんぞく》の男)」

第13話

帰ってきたサーガ、謎《なぞ》を解《と》く

別世界《べっせかい》で出された謎解《なぞと》きにすべてこたえたサーガ。巨人族《きょじんぞく》の男、フェン、女剣士《けんし》のアルに再会《さいかい》をちかい、別《わか》れをつげて人間界《にんげんかい》へもどる……。

フェンとその背中《せなか》にのせられたサーガが、出口に向《む》かって神殿《しんでん》の中を進《すす》む。

（そういえば、まだ礼《れい》をいってなかったな）

「礼《れい》？」

（そうだ。以前《いぜん》、結界《けっかい》からおれを出してくれたのはおまえたちだった。今さらだが礼《れい》をいっておく、ありがとう）

顔を合わせず、フェンがそっけなく礼《れい》をのべる。

「どういたしまして。でも結界《けっかい》に閉《と》じこめるなんて、ひどいことをする人がいるよね」

（まあな。その〝ひどいことをする人〟のなかまに、これから会うんだが……）

「えっ？」

神殿《しんでん》を出るや、太陽《たいよう》の光で目がくらむ。少しはなれたところではアルが、サーガがもどるのを待《ま》っていた。

おれが案内《あんない》できるのはここまでだ。いいか、急《いそ》いであの女のところにいくんだ。
うん、ありがとう。
じゃあな、縁《えん》があったらまた会おう。

フェンは後ろを向《む》くと、そのまま神殿《しんでん》に向《む》かい、ふり返《かえ》ることはなかった。

「あ、あれ?」

指輪《ゆびわ》の力がなくなったからだろうか。神殿《しんでん》の外に出ると急《きゅう》に息苦《いきぐる》しくなった。頭のおくにいたみが走る。足も重《おも》く、ただ一歩ふみだすだけでもひどくつかれる。

だいじょうぶですか?
だいじょうぶじゃないみたい……。

指輪《ゆびわ》の呪《のろ》いは
解《と》けたみたいですね。
この世界《せかい》は、人間には
きびしい環境《かんきょう》です。
急《いそ》いでもとの世界《せかい》へ！

アルはサーガをかかえ上げると、その首にショールをまき、フワリととび上がる。

「苦《くる》しいと思いますが、しっかりつかまっていてください」

サーガはアルの首に手を回し、手のひらをきつくつかむ。目を開《あ》けているのもつらく、両方《りょうほう》のまぶたをギュッと閉《と》じた。

高い場所《ばしょ》から落《お》ちるような感覚《かんかく》がサーガをおそい、こわさで足先がすくむ。まぶたを閉《と》じていても明るかった世界《せかい》がだんだん暗《くら》くなり、意識《いしき》はとぎれた。

「よくたえましたね。キミがゆうかんな戦士《せんし》となるならば、もう一度《いちど》、会えると思うのですが……」

＊　＊　＊

「！」

とび起《お》きると、そこはベッドの上。サーガがあわててまわりを見回すと、見なれた自分の部屋《へや》だった。

ドキドキと心臓《しんぞう》が大きな音を立てている。

「このドキドキ？　こわい夢《ゆめ》でも見ていたのかな」

頭の中がモヤモヤするが、思いだせない。深《ふか》く呼吸《こきゅう》し、ベッドからおりる。

コン……。

物音《ものおと》の聞こえたゆかを見ると、指輪《ゆびわ》が転《ころ》がっていた。

「ママに気づかれる前に、返《かえ》しておかないと……あれ？」

指輪《ゆびわ》に変化《へんか》を感《かん》じ、部屋《へや》にさしこむ日の光にかざす。きのうまでたしかに七色の光をはなっていたのだが、いまはただ光《こう》たくがあるだけだ。

とびらの向《む》こうから聞こえたエッダの声に、サーガは心臓《しんぞう》がとび上がる。

「もう起《お》きてるよ！」

大声でこたえるサーガ。

「さっさと朝食をすませちゃって！」

あわてて着《き》がえて、指輪《ゆびわ》をポケットに入れる。

「こっそり返《かえ》せばバレない……よね？」

部屋《へや》からとびだすサーガの頭の中からは、自分がどうしてあわてていたのか？　どんな夢《ゆめ》を見ていたのか？　という疑問《ぎもん》は、すっかりと消《き》えていた。

＊　＊　＊

「ノーラ、いるかい⁉」

　とびらを開《あ》けて入ってきたのは、やたらに着《き》かざった中年の男。高級装飾品《こうきゅうそうしょくひん》を専《せん》門《もん》にあつかう、交易商人《こうえきしょうにん》のユーリだ。

「おや、ユーリさん。どうしたんだい、顔色をかえて？」

　いつもならノーラを相手《あいて》に商品《しょうひん》を売りこむユーリだが、きょうはようすがおかしい。息《いき》を切らしてとびこんできたなんて、はじめてのことだ。

「バッグをぬすまれてしまったんだ。たのむ、助《たす》けてくれ！」

　いわれてみれば、きょうはユーリのトレードマークともいえる大きなバッグをかかえていない。バッグの中には、売《う》り物《もの》の貴金属《ききんぞく》や宝石《ほうせき》が入っているはず。ぬすまれたとなれば、そのあわてっぷりもなっとくできる。

「うちじゃどろぼうの相手《あいて》はできないよ。衛兵《えいへい》や領主《りょうしゅ》さまのところをあたっとくれ」

「キミたちじゃないとダメなんだ。とにかく話を聞いてくれ」

ユーリは、となり町から村へとくるとちゅうで、とつぜん全身《ぜんしん》が青く、子どもみたいな者《もの》と出会い、おどろいてしまった。そのすきに、青い子どもはバッグをうばい走ってにげた。ユーリはあわてて子どもを追《お》いかけたが、あとちょっとで追《お》いつくところで……。

「そいつはバッグを持《も》ったまま、湖《みずうみ》にとびこんだんだ」

「身投《みな》げかい⁉」

「おれも最初《さいしょ》はそう思った。バッグを返《かえ》せばいいだけなのに、まさか身《み》を投《な》げるとは……って。ところが青い子どものやつ、ひょっこり湖《みずうみ》から顔を出したんだ。笑顔《えがお》でね」

山からの雪解《ゆきど》け水やわき水が流《なが》れこむ湖《みずうみ》は、水がつめたく、人間が平気《へいき》で入っていられるものじゃない。

「おそらく湖《みずうみ》の妖精《ようせい》ですね」

家事《かじ》の妖精《ようせい》フラウが、サーガの肩《かた》にフワリとまいおりた。

「知ってるの？」

「知り合いではありません。湖《みずうみ》の妖精《ようせい》にもいくつか種類《しゅるい》がありまして、その中には水辺《みずべ》で遊《あそ》ぶ人間に水をかけたり、ときには水中に引きずりこんで、おどかすのがすきな、いたずら者《もの》もいるんです」

「家事《かじ》の妖精《ようせい》かい？　はじめて見たよ」

ユーリがしげしげとフラウをながめる。

「それで、助《たす》けをもとめた理由《りゆう》はなんだい？　ここまでの話じゃ、あたしたちの出る幕《まく》なんてないみたいだけど？」

その湖《みずうみ》の妖精《ようせい》とやらは、うばったバッグを開《ひら》き、

「このバッグを返《かえ》してほしかったら、その金塊《きんかい》を湖《みずうみ》にうかべてみせな」って……。

Q なにも使《つか》わずに、金塊《きんかい》を水にうかべるには？

←つぎのページから「解決編《かいけつへん》」だよ。めくる前にこたえを考えよう！

解決編《かいけつへん》

「金塊《きんかい》が返《かえ》ってきただけでも、よかったじゃないか」

「おいおいかんべんしてくれ！　あのバッグの中には、金塊数個《きんかいすうこ》分《ぶん》にあたる、全財産《ぜんざいさん》が入っているんだ！」

なきそうな声を上げるユーリに、目をかがやかせて質問《しつもん》したのはサーガだった。

「ユーリさん、その金塊《きんかい》は形がかわってもいいの？」

「どんな形でも金《きん》は金《きん》だ。直すのに手間はかかるが……ほかの宝石《ほうせき》がもどってくるなら、どんな形になったってかまわない。いい考えでもあるのかい？」

うん、金《きん》を船みたいな形にすればいいんじゃないかな。
鉄《てつ》はかたまりだと水にしずむけど、船になればうかぶじゃない。

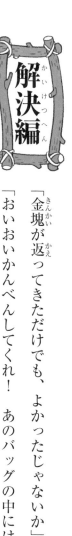

ユーリの表情《ひょうじょう》がパッとかがやいた。

「たしかにそうだ！　船は鉄《てつ》だけど水にういている！　金《きん》は鉄《てつ》よりも重《おも》いが、それでもうすくのばせば……」

「金《きん》はやわらかいからね。ハンマーで打《う》ちのばして形をかえるのに、それほど苦労《くろう》はいらないと思うよ」

サーガがカウンターのおくから、ハンマーをとりだした。

「ユーリさん、これをかしてあげるよ」

「全財産《ぜんざいさん》を持《も》ってかれて一文なしなんだろう？　そのかわりバッグをとりもどせたら、ハンマーを買いとっておくれ」

「ありがとうノーラ、エッダちゃんにサーガくんも。もちろん買いとらせてもらうし、商品《しょうひん》もお安《やす》くしとくよ！」

笑顔《えがお》でハンマーを受《う》けとるユーリ。さっきまでの落《お》ちこみようがうそのようだ。

「湖《みずうみ》の妖精《ようせい》の気がかわらないうちに、さっさとバッグをとり返《かえ》してきな」

「もちろん、そうさせてもらうよ。それじゃあ、またあとで！」

ハンマーを片手《かたて》に、店からとびだすユーリ。

「だいじょうぶかな？」

提案《ていあん》したのはいいものの、サーガは少し不安《ふあん》そうだ。

「だいじょうぶですよ。湖《みずうみ》の妖精《ようせい》も、ちょっと人間をこまらせて遊《あそ》びたいだけだと思います。きっとサーガさんの知恵《ちえ》に感心《かんしん》して、バッグを返《かえ》してくれますよ」

フラウが満面《まんめん》の笑《え》みをうかべる。

その日の夕方。閉店《へいてん》まぎわになって、ふたたびユーリが店にとびこんできた。その手にびしょぬれになったバッグと、大きなハンマーを持《も》って。

「ノーラ！　エッダちゃん！　サーガくん！　またこまったことになった！」

＊　＊　＊

サーガたちは気がつかなかった。

とおりをはさんだむかいの家の屋根《やね》の上に、店内でくり広げられるやりとりを目にしてクスリとわらう、甲《かっ》ちゅうすがたの女の人がいることを……。

A 金《きん》をボウルやカップ状《じょう》にして、水にうかべる。

「船を思いだせば、すぐにこたえに気づくはずだよ」

きょうの売り上げ

◎店の収入《しゅうにゅう》：ハンマーの代金《だいきん》

◎サーガの収入《しゅうにゅう》：銀貨《ぎんか》10まい

きょうのことば

「サーガもだいぶ成長《せいちょう》したようだ。寝《ね》る子は育《そだ》つってのはほんとうだね……（ノーラ）」

最終話《さいしゅうわ》

そして太陽《たいよう》の国へ！

長そでの服《ふく》を着《き》ていて暑《あつ》く感《かん》じるようになると、世界樹《せかいじゅ》の国では一日中、太陽《たいよう》がしずまない〝白夜《びゃくや》の季節《きせつ》〟が始《はじ》まる。

このころになるとサーガの体調《たいちょう》も安定《あんてい》するため、近所《きんじょ》になら遊《あそ》びに出ることがゆるされる。

「一まい、二まい……。お金って、たまらないものだね」

貯金箱《ちょきんばこ》からためてあった銀貨《ぎんか》を出して、金額《きんがく》を数えるサーガ。謎解《なぞと》きをがんばったわりには思っていたほどたまっておらず、がっくり肩《かた》を落《お》とす。

「トレジャーハンター用の道具《どうぐ》を買えるのは、まだまだ先だなあ……」

「サーガ、お金を数えてがっかりなんかしないで！」

いすにすわって本を読んでいたエッダが、あきれ顔でサーガを見る。

「サーガ、エッダ」

店につづくとびらが開《ひら》き、ノーラが部屋《へや》に入ってくる。まだ営業《えいぎょう》時間中のはずだが？

「『太陽《たいよう》の国』行きの船、手配《てはい》できたよ。出発《しゅっぱつ》は一週間後だ」

「『太陽《たいよう》の国』行きの船って、なんだっけ？」

銀貨《ぎんか》を貯金箱《ちょきんばこ》にしまいながら、サーガが顔を上げた。

「今年は『太陽《たいよう》の国』の大祭《たいさい》の年だから、店を出すっていっただろ」

「あっ、そうだった。指輪《ゆびわ》の件《けん》ですっかりわすれていたよ」

「うん？　指輪《ゆびわ》がどうしたって」

「なんでもない！」

『太陽《たいよう》の国』では一年おきに、国をあげての大きなお祭《まつ》り、〝大祭《たいさい》〟がもよおされる。

店を始《はじ》めてからノーラはずっと、お祭《まつ》り中の『太陽《たいよう》の国』にわたって店を開《ひら》いていた。そして今年もいくつもりだと、数日前にいわれていたのだ。

「いろいろと準備《じゅんび》をしなくちゃいけないからね。サーガもエッダも、しっかり手つだっておくれよ」

「わかったわ」

「えーっ。せっかく、遊《あそ》びに出てもいい季節《きせつ》になったのに……」

サーガは不満《ふまん》そうにくちびるをとがらせる。

「いいんだよ、手つだわなくても。そのかわりサーガはあたしたちが帰ってくるまで、ひとりで留守番《るすばん》だ」

「て、手つだうよ！　ぼくだって大祭《たいさい》を見たいし、ひとりでお留守番《るすばん》なんていやだよ」

「じゃあ、あたしはしばらく店を閉《し》めることを、みんなにつたえてくるから。エッダ、かわりに店番をしておくれ」

「はーい」

いすから立ち上がり、店へと向《む》かうエッダ。

「ぼくは？」

「店が終《お》わったら、荷作《にづく》りを手つだってもらうから。それまではすきにしな」

そういうと、ノーラも店へいってしまった。

「ひさしぶりの『太陽《たいよう》の国』だ」

おとしの、にぎやかな大祭《たいさい》の風景《ふうけい》を思いだし、サーガの顔がほころぶ。

「そうだ、どうせなら向《む》こうの店でも謎解《なぞと》きでかせがなきゃ。きっといろんなお客《きゃく》さんがくるぞ！」

『太陽《たいよう》の国』ではどんなお客《きゃく》さんがおとずれ、どんな謎解《なぞと》きが持《も》ちこまれるだろう？

サーガは目をつむり、思いうかべる。

バルムンクやアディンといっしょに、神々《かみがみ》の秘宝《ひほう》をもとめて危険《きけん》きわまりない迷《めい》宮《きゅう》を進《すす》む、未来《みらい》の自分のすがたを……。

《第二巻《かん》『運命《うんめい》の神々《かみがみ》に挑戦《ちょうせん》せよ！』につづく》

糸井賢一《いとい けんいち》

1970年生まれ、千葉出身。1989年ごろから出版業界に携わり、雑誌編集や執筆で活躍するかたわら、コミック原作やゲームシナリオなども手がける。
著作に『鬼』(高平鳴海、大林憲司、エーアイスクウェア共著／新紀元社)などがある。児童書は本書がはじめて。東京在住。

五臓六腑《ごぞうろっぷ》

千葉生まれ、青森育ち。イラスト、漫画を中心に活動。ほかにドット絵、デザインの仕事なども手がけている。
主な挿絵の仕事に「謎解きファイルズ 少女ルパンVS少年ホームズ」シリーズ(森田彩莉著／あかね書房)などがある。東京在住。

編集協力:**中島 妙**

謎解きサーガ◆1 指輪の呪いを解け!

2015年3月29日 初版発行

著　者 **糸井賢一**
画　家 **五臓六腑**
発行者 **岡本光晴**
発行所 **株式会社あかね書房**
〒101-0065東京都千代田区西神田3-2-1
電話03-3263-0641(営業) 03-3263-0644(編集)
http://www.akaneshobo.co.jp
印刷所 **錦明印刷株式会社**
製本所 **株式会社ブックアート**

デザイン **郷坪浩子**

NDC913 167ページ 19cm

ISBN978-4-251-01911-0
落丁・乱丁本はお取りかえいたします。定価はカバーに表示してあります。

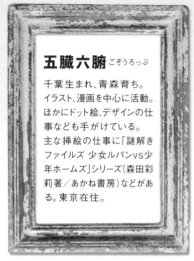

キ
第二の迷宮《めいきゅう》だ。
ク
地上に出た！
ロープを引っかけた木に実がなっている。
木《こ》の実《み》を手に入れた！
近道のとびらを見つけた！
→**カギがあるならとびらの先へ進《すす》め**
→**カギがないなら下の道を進《すす》め**
巨大《きょだい》な鳥につかまった！
みるみる空へ。
→**コへ進《すす》め**
ケ
→**イへ進《すす》め**
→**オへ進《すす》め**